Cœur Malheur ♡

« L'amour ne voit pas avec les yeux mais avec l'âme.» (Shakespeare)

Copyright ©Nelly Bommalais, 2025
« Tous droits de reproduction, d'adaptation et de traduction intégrale ou partielle réservés pour tous pays. L'auteur ou l'éditeur est seul propriétaire des droits et responsable du contenu de ce livre. »
« Le code de la propriété intellectuelle interdit les copies ou reproductions destinées à une utilisation collective. Toute représentation ou reproduction intégrale ou partielle faite par quelque procédé que ce soit, sans le consentement de l'auteur ou de ses ayant droit ou ayant cause, est illicite et constitue une contrefaçon, aux termes des articles L.335-2 et suivants du Code de la propriété intellectuelle. »

Édition : BoD · Books on Demand,
31 avenue Saint-Rémy, 57600 Forbach, bod@bod.fr
Impression : Libri Plureos GmbH,
Friedensallee 273, 22763 Hamburg (Allemagne)

ISBN : 978-2-3225-5876-6
Dépôt légal : mars 2025
Illustration de couverture: Maëva Émilie Fontaine

Cœur Malheur

Nelly BOMMALAIS

Fiction

PARTIE I Dépersonnalisation

Chapitre 1 Coup de cœur

Je me réveillai en sursaut, le cœur battant la chamade. La visite dans mon rêve de ces deux personnes, dont je n'avais pu distinguer les traits, avait fait chavirer mon esprit et ma tête. Mon corps en était encore tout retourné. Je savais juste qu'il s'agissait d'une femme mûre et d'un jeune homme.

C'était la veille de mon mariage.

Je me levai en sueur et me dirigeai vers la salle de bain pour prendre une bonne douche. L'horloge affichait trois heures du matin. Je pris soin de ne pas faire de bruit pour ne pas réveiller mes parents.

J'avais fait le choix de dormir dans la maison familiale avant mes noces pour que ce soit romantique. Thomas, lui, avait dormi chez ses parents. J'avais toujours rêvé d'un mariage traditionnel. D'aussi loin que je me souvienne, j'ai toujours su comment serait ma robe : blanche avec des bretelles serties de perles couvrant les épaules. Les bretelles se prolongeraient dans un décolleté en forme de cœur, découvrant un buste uni, les perles des bretelles se retrouveraient sur les broderies de la jupe et de la traîne.

Dans la boutique, je l'ai repérée de loin. Quand je l'ai essayée, mes sœurs étaient éblouies, ma mère en larmes évidemment, j'étais sa dernière fille mais la première à se marier!

Je ne retrouvai plus le sommeil cette nuit-là. Rien de surprenant la veille de son mariage, mais ce qui m'intriguait, c'étaient ces deux personnes dans mon rêve, ou cauchemar, vu l'effet qu'il m'avait fait.

Au petit matin, impossible d'avaler quoi que ce soit, la boule au ventre s'était installée. Malgré l'insistance de ma mère, qui m'avait préparé un bon petit déjeuner, je tournais en rond dans la maison et refusais de mettre ne serait-ce qu'un petit bout de pain sur mon estomac, par peur de le renvoyer aussitôt.

Quand la maquilleuse arriva, elle ne manqua pas de me faire remarquer « ma sale tête » et se plaignit presque du travail qu'elle devrait fournir pour cacher mes cernes. Comme nous devions attendre la coiffeuse et le photographe, elle prit à ma place le petit déjeuner que maman m'avait préparé.

Ma mère était excitée et particulièrement loquace, elle exprimait son soulagement après des mois d'organisation, de prise de tête et de stress, notamment pour ma robe de mariée commandée tardivement. Nous avions même prévu une robe de secours au cas où celle de mes rêves ne serait pas prête à temps. Finalement, elle arriva une semaine avant le jour J, juste le temps de faire les retouches nécessaires. Le plan de table fut particulièrement difficile à élaborer. Selon les parents, il fallait inviter toute la famille, même ceux qu'on ne voyait jamais. Sauf que cela signifiait également qu'il fallait prendre en compte le fait qu'un tel était fâché avec un tel, pour éviter qu'ils ne se retrouvassent par malheur à côté. Il ne fallait pas non plus isoler un membre d'un clan, quitte à perdre une place sur une table. La préparation nous avait donné tellement de peine que je finis par croire que les gens « râlaient le cœur sur » (jalousaient) mon bonheur.

Mais heureusement, nous eûmes droit aussi à des grâces. D'ailleurs, maman ne cessa de remercier notre maquilleuse qui nous avait recommandé son frère après que notre photographe nous eut abandonné en encaissant l'acompte.

Mon père, lui, était plutôt silencieux. C'était gênant. Je savais qu'il était fier mais cette étape dans ma vie signifiait également que je n'étais plus une enfant. À dix-neuf ans, je suppose que les parents ne sont pas prêts à voir grandir leurs enfants, et encore moins à les laisser partir définitivement.

En effet, c'était un engagement que j'avais décidé de prendre, je me voyais déjà vieillir avec Thomas, entourée de nos futurs enfants et petits enfants.

Deux ans plus tôt, j'avais eu un véritable coup de cœur, je préfère « coup de cœur » que « coup de foudre » car c'est dans le cœur que tout se passe. Je croyais que le mien allait sortir de mon corps lorsque j'ai croisé le regard de Thomas. C'était pendant une soirée « étudiants ». À l'époque, nous étions tous les deux à la fac. Je venais de commencer une licence d'histoire-géographie, lui avait redoublé sa première année de gestion. D'ailleurs, il n'a pas poursuivi dans cette voie. Il s'est rendu compte que les études n'étaient pas faites pour lui. Il a signé dans le bâtiment avec son oncle. Il connaissait le métier : adolescent il faisait déjà le manœuvre pour lui, pendant les vacances scolaires. Thomas était un jeune homme robuste et bien fait. Il mesurait un mètre quatre-vingt cinq, il avait un corps sculpté naturellement et harmonieusement. Il était à la fois fort et agile. Mais ce qui m'a plu la première fois que je l'ai vu, c'étaient ses yeux bleu gris qui rendaient son regard intense et énigmatique.

À ce moment-là, je ne voulais certainement pas d'un petit copain, et encore moins d'un futur mari. Je venais de me faire larguer comme une veille chaussette, juste après ma première fois, comme ça, sans explication, j'ai beaucoup pleuré. J'avais l'impression d'avoir péché, je me sentais impure. Puis je suis allée à la fac, avec comme objectif de réussir mes études et de me trouver un bon travail.

Thomas est arrivé dans ma vie comme un véritable sauveur, il a pansé mes blessures. Il m'a invitée à boire un verre suite à cette fameuse soirée «étudiants», il a pris le temps de m'écouter. Lors des rendez-vous suivants, soit on roulait en écoutant de la musique, soit on restait dans sa voiture garée au clair de lune. Il me ramenait toujours une pâtisserie et un jus de fruit. Je monopolisais la parole et je lui étais reconnaissante de savoir m'écouter. J'avais l'impression que pour la première fois de ma vie, quelqu'un se souciait réellement de moi. Je lui ai raconté ma rupture et les séquelles qu'elle avait laissées, notamment la culpabilité. Je lui ai même confié certains épisodes douloureux de mon enfance. Lui, n'avait pas grand-chose à dire, si ce n'est qu'il était originaire de l'Etang-Salé, qu'il vivait toujours chez ses parents en attendant de construire sa propre maison sur le terrain familial, et qu'il adorait le foot. Il avait déjà le projet d'arrêter ses études et de travailler avec son oncle. Il ne buvait pas, ni ne fumait. Tout allait bien dans sa vie, j'avais quelqu'un à qui me raccrocher.

C'est donc tout naturellement que j'ai dit «oui» au bout d'un an et demi de relation. Nos familles se sont rencontrées et se sont partagées les frais du mariage.

Après six mois de préparation, nous y voilà. Je vais enfin faire mon entrée dans la somptueuse église de l'Étang-Salé. Une fois de plus mon cœur me parle, il me pince mais à ce moment précis je n'arrive pas à comprendre ce qu'il veut me dire. Je l'entends qui cogne dans ma poitrine. J'ai un moment d'hésitation en sortant de la voiture. Mon père me tend la main, je le regarde, il me sourit, j'ai son approbation, alors je décide de laisser s'exprimer l'émotion qui bouillonne en moi. Je marque une pause à l'entrée de l'église, puis j'avance fièrement dans la nef au bras de mon père qui va me donner à cet homme, mon Thomas, mon époux.

« Mme Ève Marie Boyer, voulez-vous prendre pour époux Mr Thomas Daniel Hoarau ? »

Ce jour-là j'ai fait le choix de dire « oui ». J'ai écouté mon cœur.

Chapitre 2 « Cœur amarré »

Nous attendîmes une année avant d'emménager ensemble. Je devais terminer ma licence à Saint-Denis. Parallèlement à mes études, je travaillais comme caissière, ce qui me permit de mettre des économies de côté afin de préparer l'installation.

Thomas, lui, travaillait dans le sud. Nous nous voyions rarement, mais c'étaient toujours des moments merveilleux comme des lunes de miel réitérées.

Quand nous étions loin l'un de l'autre, c'est fou comme mon cœur était creux et vide. J'avais même l'impression qu'il était divisé en deux. Une partie de mon cœur étant accrochée à l'image de Thomas à longueur de temps, je n'avais plus le cœur à faire quoi que ce soit, sans qu'il ne fût physiquement présent à mes côtés. Je me forçais à terminer ma licence dans l'espoir d'emménager rapidement. Une fois installée avec mon mari, j'avais l'intention de continuer à travailler comme caissière et de m'inscrire en Master sous un régime dérogatoire. Il me fallait aller jusqu'au bout des cinq années pour pouvoir passer mon CAPES d'histoire-géographie.

Lorsque je parlais à Thomas de mes projets, il me disait de ne pas m'en faire pour l'avenir, qu'il serait toujours là pour subvenir aux besoins de sa famille. Oui, c'était un homme courageux et travailleur, il savait me rassurer. Auprès de lui j'entrevoyais la sécurité, blottie dans ses bras je n'avais peur de rien.

Nous emménageâmes durant l'hiver 2008 dans un appartement à l'Etang-Salé, non loin de la maison de mes beaux-parents. Thomas avait toujours le projet de construire sur le terrain familial, mais pour cela il devait économiser, et idéalement trouver un travail mieux rémunéré. Mais pour l'heure, nous devions profiter de notre vie de jeunes mariés.

L'hiver à l'Etang-Salé est moins rude que là d'où je viens. Dans le quartier de Bérive où j'ai grandi au Tampon, nous sommes exposés aux alizés. Impossible pour moi de « *chauffer le soleil* » (prendre un bain de soleil) à l'extérieur, sans être fouettée par ces vents violents. Je n'ai donc pas hésité une seconde lorsqu'il m'a proposé de chercher notre nid douillet dans l'Ouest. Nous avons trouvé une perle, un T2 dans une résidence sécurisée avec un balcon de huit mètres carrés. J'utilisai mes économies pour la caution et une partie de l'ameublement, la plupart du mobilier ayant été offert par ma belle-mère. L'épargne de

Thomas devait servir à la construction de notre future maison.

Mais chaque chose en son temps. Pour fêter cette nouvelle étape de notre vie de couple, j'organisai un dîner romantique. Je profitai d'un jour où Thomas devait finir tard car il travaillait dans l'Est, pour tout préparer en secret. J'adorais les soirées à thème, ou du moins les « Dress code ». Je mis ce soir-là un beau sari vert émeraude que j'avais acheté quelques années plus tôt à Saint-Denis, bravant ainsi la douce fraîcheur de l'Ouest. N'étant pas une grande cuisinière, je commandai des plats à emporter chez le *Chinois* juste en bas de la résidence. En revanche, je savais faire des gâteaux, je confectionnai donc un fondant au chocolat dans un moule en silicone en forme de cœur. Je disposai des bougies parfumées ainsi que des pétales de rose sur ma plus belle nappe et sortis nos plus belles vaisselles, reçues en cadeau de mariage.

—Eh ben, tu ne fais pas les choses à moitié ! Tu es magnifique ma chérie, me dit Thomas avec un large sourire et des yeux pétillants en entrant dans l'appartement.

—Non ce n'est pas grand-chose, je tenais juste à te montrer mon amour et à te dire à quel point ce nouveau pas que nous avons fait ensemble dans notre relation me tenait à cœur.

Il allait me faire un câlin mais se ravisa.

—Je prends une douche et je suis à toi.

Ce soir-là nous discutâmes de tout et de rien, mais surtout de nos projets et de nos rêves. Nous étions deux, mais une seule force, une seule âme, unis par les liens sacrés du mariage.

Les semaines suivantes, nous découvrîmes petit à petit les rituels de la vie de couple : les courses, le ménage, la cuisine. Nous prîmes également nos propres habitudes : les paquets de *choco cœur* au leader, les telenovelas en fin de journée, les repas chez belle-maman le dimanche. Pendant cette période, je travaillais surtout le week-end. La semaine, j'étudiais en distanciel, ce qui me laissait du temps pour le ménage et les séries à l'eau de rose. En fin de journée, j'accueillais mon mari, qui commençait par se doucher. Je le suivais dans la salle de bain et on se racontait notre journée, voire plus, en fonction de nos envies. Ensuite, on se lovait dans le canapé devant une telenovelas avec un paquet de chips. Un peu plus tard on dînait, puis il y avait le câlin tant attendu et on se couchait tôt car Thomas devait se réveiller à quatre heures du matin pour le travail.

Le vendredi soir on sortait, on allait manger dans un snack ou un fast food. Le restaurant n'était pas encore dans nos moyens. Parfois, on retrouvait des amis de Thomas, Kévin et Martine, on allait se promener sur le front de mer de Saint-Pierre, où on regardait la *pousse* de voitures (course de voitures) sur le pont de Pierrefonds ou encore à Cambaie.

Certes, nous étions mariés mais nous n'étions encore que des enfants. Chacun avait soif de connaître l'autre mais aucun de nous deux n'avait d'abord appris à se connaître. Alors nous essayions de faire comme les autres. Nous aspirions à vivre des expériences sans avoir conscience de l'ampleur des risques que nous courions.

Mais un soir, la réalité nous rattrapa. Je me souviens encore des vrombissements de voitures qui défilaient sur la place de Cambaie. Chaque machine qui prenait part à la parade attendait d'être offerte aux yeux des spectateurs, venus des quatre coins de l'île. Les coureurs avaient mis le plein pour la soirée. Ils avaient investi pour le show.

C'étaient d'abord de petits coups d'accélérateur pour faire rugir le véhicule et donner une idée de sa puissance. Les concurrents, la main crispée sur le levier de vitesse, se scrutaient : ils étaient à l'affût du moment décisif pour enfoncer la pédale. Dans un crissement de pneu, ils s'élançaient, enfumant au passage les plus curieux. Chaque pilote faisait corps avec sa machine le temps des montées, comme s'il faisait partie de ses rouages. Les coureurs n'étaient pas encore à la moitié du parcours, que d'autres bondissaient déjà derrière eux. Passés la ligne d'arrivée, ils descendaient pour reprendre leur place dans les rangs.

Kévin essayait sa voiture avec, à son bord, Thomas. Pendant qu'ils faisaient leur rodéo, Martine et moi parlions shopping, maquillage ou encore études. Le contenu de nos conversations n'avait absolument rien à voir avec le décor planté en arrière plan. Certaines femmes *faisaient la pousse*, d'autres y voyaient l'occasion de faire une sortie et de rencontrer du monde. Nous, nous venions pour accompagner nos maris. Mais ni Martine, ni moi, ne nous sentions vraiment à notre place en cet endroit.

Cependant, nous étions loin de nous imaginer ce qui allait se passer quelques minutes plus tard. Un bruit indescriptible pareil à un charivari interrompit brutalement la soirée. En quelques secondes, plusieurs voitures avaient déjà déserté la place de Cambaie, le temps pour Martine et moi de comprendre ce qui venait de se passer. Nous courûmes, affolées, vers la foule de curieux encore présents sur les lieux. Mon cœur était en train de se désintégrer à la pensée que Thomas pouvait être blessé ou même mort. Mais c'était une autre voiture qui avait perdu le contrôle et qui avait malheureusement fini sa course dans un poteau, littéralement pliée en deux. J'étais horrifiée en imaginant qu'il y avait encore des personnes encastrées dans ce véhicule. Martine me secoua pour me dire que nous devions retourner à la voiture de Thomas. Elle m'expliqua qu'elle avait eu Kévin au téléphone et qu'il fallait que je conduise jusqu'à la station de l'Etang-Salé. Nous devions nous dépêcher pour éviter la police.

—Je n'y arriverai pas, je suis trop bouleversée. Je préfère que ce soit toi qui conduises Martine.

Contrairement à moi, elle avait gardé son sang-froid et accepta de prendre le volant.

Lorsque je retrouvai Thomas à la station, je me jetai à son cou. Je sentis nos cœurs qui battaient à tout rompre. Nous vivions nos erreurs de jeunesse, nous avancions à l'aveugle, avec comme seule certitude, celle d'avoir le « cœur amarré » l'un à l'autre.

Chapitre 3 «Querelles»

— On mange quoi ce soir ? J'en ai un peu marre de manger des pâtes, se plaignit Thomas.
—J'ai fait du riz et une omelette, répondis-je, fière d'assurer mon rôle de femme au foyer.
—Au moins avec toi, je ne risque pas de ressembler à mes potes. C'est vrai que Kévin a pris du poids ces derniers mois, mais il paraît que Martine lui fait de bons petits plats. C'est une femme qui a toujours pris soin de son homme.
Sa réflexion m'esquinta.
—Qu'est-ce que tu veux dire par là ?
—Rien, c'est peut-être toi qui as quelque chose à te reprocher si tu me poses cette question.
—Eh bien, si l'omelette ne te plaît pas, tu n'as qu'à cuisiner toi-même! répliquai-je agacée, en me dirigeant vers la salle de bain.
—Il ne manquerait plus que ça, je te signale que tu n'as que ça à faire de tes journées. Moi je bosse, j'ai de la route à faire, mes journées sont longues. Tout ce que je te demande c'est un peu de

considération quand je rentre, me dit-il en me suivant.

—En parlant de considération, je considère que tu es capable de mettre ton linge sale dans le panier et de ramasser tes veilles chaussettes qui traînent, contre-attaquai-je.

—Et moi je te conseille de baisser d'un ton, fit-il les yeux brillants de colère.

Je compris qu'il ne plaisantait pas et décidai de calmer le jeu.

—Ta mère nous avait donné une barquette de lentilles, je vais la mettre à décongeler.

Le vendredi suivant, Thomas m'annonça qu'il sortait entre garçons.

—Ah bon, tu prévois des choses avec tes potes sans m'en parler ?

—Qu'est-ce que je viens de faire là ?

—Je veux simplement dire que tu aurais pu me prévenir.

—Qu'est-ce que ça aurait changé ? Arrête de te prendre pour ma mère.

—Je ne me prends pas pour ta mère. C'est juste que j'étais toute seule toute la semaine, comme toutes les autres semaines et que je passe mon temps à t'attendre. Moi aussi j'aurais pu prévoir quelque chose avec mes sœurs si tu m'avais prévenue que tu sortais.

—Sortir pour faire quoi ? Surtout avec Linda, mais tu rêves, c'est bien ta sœur aînée mais tu sais comme moi qu'elle n'est pas fréquentable.
—Ne commence pas avec ma famille !
La conversation fut interrompue par son ami Kévin qui sonnait à la porte. Je compris que je n'avais pas mon mot à dire. Devant Kévin, il m'embrassa comme si de rien n'était et s'en alla.
Cette nuit-là j'eus un sommeil agité. Je me tournais dans tous les sens en attendant que Thomas rentrât. À cinq heures du matin, j'entendis le cliquetis de la clé dans la serrure. Lorsqu'il me rejoignit dans le lit, je pus enfin m'endormir paisiblement.
Les week-ends suivants Thomas continua à sortir avec ses amis, me laissant seule dans l'appartement. Mon sommeil était à chaque fois agité.
Lors d'un des traditionnels déjeuners dominicaux organisés par ses parents, ces derniers reçurent des invités d'honneur. En plus de sa sœur et de son beau-frère, ses parents avaient convié des amis venus de Métropole pour les vacances. Il s'agissait d'un couple dont le mari avait travaillé plus jeune avec mon beau-père. Ils étaient avec leur fils unique et leur belle-fille.
Le hasard fit que je me retrouvai à table en face du fils, ce qui me valut des remontrances de la part

de mon mari. Thomas me chuchota ironiquement que j'avais bien choisi ma place et rajouta que j'avais intérêt à garder la tête baissée dans mon assiette. J'obéis, bien entendu. Mais à la fin de la journée, je surpris sa mère qui demandait à sa sœur si elle avait remarqué comment j'avais boudé pendant tout le repas. Elle rajouta qu'elle avait averti Thomas qu'il ne fallait pas se marier aussi vite, car je commencerais bientôt à faire des caprices. Je n'ai pas interrompu leur conversation car je ne voulais pas entrer en conflit avec elles. Après tout, je les aimais bien, elles n'y étaient pour rien si Thomas se montrait jaloux. Alors, en rentrant, je racontai tout à Thomas, en lui expliquant qu'il m'avait traitée injustement à table et que cela m'affectait d'être passée pour une mal élevée aux yeux de sa famille.

—Non mais tu as vu ta tête ? Arrête de chercher des problèmes. Tu me ridiculises devant ma famille en matant un ami d'enfance et ensuite tu viens faire pitié. Tu t'es intéressée à sa femme au moins?

—Pourquoi tu me demandes ça ? Et arrête, tu sais très bien que je n'étais pas en train de le regarder. En revanche, toi tu ne t'es pas gêné pour discuter avec elle !

—Je ne te laisserai jamais m'humilier, c'est clair ?

—Tu cherches quoi au juste ? m'énervai-je. Je ne te comprends pas, je ne te comprends plus, rajoutai-je avec lassitude, en baissant la voix et en hochant la tête de droite à gauche.

Le reste du trajet fut silencieux. J'avais besoin de temps pour digérer ce qui venait de se passer.

Le lendemain matin, le photographe du mariage m'appela. Nous étions mariés depuis plus d'un an mais nous n'avions encore reçu aucune photo de nos noces.

—Tout est prêt Mme Hoarau. Le livre, le film, le tableau, tout. Ma sœur vous a expliqué les raisons de mon retard n'est-ce pas ?

—Oui, ne vous en faites pas, quand pouvez-vous passer ?

—Mercredi après-midi si vous êtes disponible.

—C'est parfait, à mercredi!

En rentrant du travail, Thomas prit une douche, puis m'annonça qu'il avait rendez-vous avec un programmateur de voiture.

—Mais pourquoi ? lui demandai-je.

—D'après toi !

—Mais enfin Thomas, tu te rappelles la soirée à Cambaie ?

—Oui et alors ? Tu ne vas pas faire *ta langue de cabri (me porter la poisse)*?

—Ah non, je t'interdis de dire que je te porte la poisse. T'as vu comme moi, ce soir-là, que *la pousse* n'a rien d'un jeu d'enfant et qu'on peut y laisser sa vie.

—Ça, ça dépend du pilote. Et moi je t'interdis de te prendre pour ma mère ! De toute façon, c'est trop tard pour annuler mon rendez-vous, j'y vais.

Voyant qu'il était décidé et que je n'arriverais pas à lui faire changer d'avis, je lui proposai de l'y conduire. Je préférais être au fait de ce qu'il allait décider.

Je restai dans la voiture à l'attendre pendant deux longues heures, ce qui me fit regretter mon entêtement à l'accompagner.

—Alors ? lui demandai-je simplement lorsqu'il me rejoignit dans la voiture.

C'est là qu'il commença un monologue. Il avait les yeux rayonnants et un large sourire comme un enfant qui décrit le jouet de ses rêves. Il me parla d'un programme à deux cents euros pour une Seat Cupra. Mais le programmateur lui avait expliqué que pour plus de puissance, il fallait changer le turbo et l'échangeur, qu'il en aurait au moins pour deux mille euros.

Sur le chemin du retour, il s'amusa à faire des pointes à plus de cent soixante kilomètres/ heure sur la deux fois deux voies, j'en avais la nausée.

À la maison, je commençai à lui parler du photographe, je lui dis que je devais retirer les mille euros que nous lui devions avant mercredi.

—Quoi ! Mille euros ? Il se fiche de qui ce type ?
—Nous avions déjà donné un acompte, c'est ce qui reste à régler, tu le savais pourtant.
—Oui, mais ça c'était avant que le mec ne disparaisse pendant un an.
—Quelle mauvaise foi ! Il n'a pas disparu, il s'est fait opérer, nous le savions. Il a fait son travail contrairement à l'autre qui s'est contenté de prendre notre argent et qui s'est littéralement envolé avant le mariage. Certes, il a pris du temps pour faire développer nos photos, mais elles sont là.
—Et comment je fais pour ma voiture moi ?
—La voiture peut attendre.
—De toute façon, je n'ai pas les mille euros pour les photos.
—Mais deux mille pour tuner ta voiture, si !
—Non, je ne les ai pas non plus. Mon épargne est sur un PEL pour la maison.
—Mais alors, qu'est-ce que tu me racontes ? T'as bien cinq cents euros pour les photos ? On avait dit qu'on ferait moitié, moitié.
—Non, je ne les ai pas. T'es sourde ou tu le fais exprès ?
—Eh bien, pourquoi tu me parles de ta voiture alors?

—Je pensais que tu m'aiderais, mais laisse tomber, fit-il l'air peiné.

—Thomas, je sais que tu travailles dur et que tu mets des sous de côté pour le projet de maison. Je sais que tu as le crédit de la voiture. Mais j'ai en charge le loyer, les factures et les courses sur un misérable salaire de caissière. Je ne suis pas une fée. J'ai pu économiser quand j'étais chez maman pour la caution et acheter des meubles.

—Tu oublies que c'est ma mère qui nous a donné la plupart des meubles !

—Non, je ne l'oublie pas et je lui en suis très reconnaissante, mais ce que je veux te dire, c'est que le reste de mes économies servira à payer le photographe et à anticiper un éventuel coup dur. Mais certainement pas à acheter un turbo alors que ta Seat roule déjà très bien.

—Je m'en doutais, si c'était pour Tony, tu n'aurais pas hésité. Mais moi, je ne suis pas ton premier, je suis un minable à côté !

—Quoi... dis-je hébétée, mais c'est absurde ! Tony c'est de l'histoire ancienne.

—Tu avais le cœur en miettes quand je t'ai «ramassée» à cause de ce gars. Après tout, on n'oublie jamais sa première fois. À côté, je ne fais pas le poids forcément.

—Mais qu'est-ce que tu me racontes, tu as bien connu des filles avant moi et alors ?

—T'es une fille je te signale. Les filles qui se respectent ne se donnent pas comme ça au premier venu. Ma mère était vierge quand elle a épousé mon père.
—Qu'est-ce que tu insinues ? m'écriai-je.
—T'es qu'une pute ! J'ai épousé une pute ! Tu t'es comportée comme une chienne! T'étais pas capable de te retenir, espèce de salope !

Ses paroles ont percé mon cœur et répandu en mon âme du poison. Mon esprit ainsi noirci de colère commanda à mon corps de se révolter. Je me jetai sur lui telle une furie et lui donnai une claque. Il m'attrapa les deux bras et me fit un croche-pied. Mon corps s'écroula sur le sol dans un bruit sourd. Je restai allongée un moment, regardant le carrelage, pendant que mon mari me donnait des coups de pied dans les fesses. Curieusement, ses coups étaient moins douloureux que ses mots.

Suite à ce déchaînement de violence, il me conseilla d'aller prendre une douche pour que je me calme. Je remarquai les bleus qu'il m'avait laissés mais n'eus aucune réaction. J'allai directement me coucher, du moins, je fis semblant de dormir. Lui, alluma la télévision…

Chapitre 4 À contrecœur

Thomas m'ignorait depuis notre dispute. Je me sentais coupable. De quoi ? Je l'ignorais, mais un incommensurable sentiment de culpabilité me submergeait à mesure qu'il gardait le silence. J'avais besoin que l'on se réconciliât. Regarder ensemble les photos de notre mariage me tenait à cœur. Oui, j'avais à cœur de revivre avec lui ce moment, de me rappeler mon amour pour lui, espérant que lui se rappelle son amour pour moi. Ces photos, gardiennes du souvenir, réveilleraient en nous des sentiments enfouis par l'orgueil et la rancœur du moment. Alors, le mercredi soir je tentai une discussion. Il avait pris sa douche et était lové seul dans le canapé.
—Ça va ? lui demandai-je d'une voix timide.
—Ça pourrait aller mieux.
—Je suis désolée pour la claque.
—Et pour le reste ? demanda-t-il d'un ton sec.
Sa question me déstabilisa. Oui, je lui avais mis une claque, mais il semblait oublier qu'il m'avait ensuite *flanqué des coups de pied aux fesses*.

Il semblait lire dans mes pensées.

—Je ne t'aurais jamais touchée si tu ne m'avais pas attaqué. Je ne permettrai à personne et surtout pas à ma femme de lever la main sur moi.

Je m'assis sur le tapis, au pied du canapé. J'avais les jambes pliées et la tête renversée dans sa direction.

—Je sais... j'ai eu tort... pour ça ... et aussi pour le reste. Pardonne-moi, le suppliai-je en sanglotant.

—Pourquoi tu pleures ? fit-il agacé.

J'essuyai mes larmes d'un revers de manche pour le satisfaire, sans pouvoir contrôler mes hoquets.

—Je vois que tu as trouvé l'argent pour le photographe, dit-il en jetant un coup d'œil furtif au carton de photos que j'avais posé sur la table.

—Oui, répondis-je spontanément dans l'espoir qu'il me proposât de les regarder avec moi.

Contre toute attente, je me heurtai de nouveau à son mutisme.

—Tu ne veux pas les regarder avec moi ? tentai-je.

—Décidément, tu as le chic pour répondre à tes questions toi-même.

—Quoi ?

—Je ne pourrai pas commander mon turbo. C'est Martine qui a payé celui de Kévin. Ils s'entendent vraiment bien ces deux-là.

Je ne savais plus quoi dire. Il me semblait qu'il s'agissait d'un caprice mais c'était impossible. Pourquoi ferait-il cela ? Pour un turbo ? Cela n'avait aucun sens.
—Il te reste des économies ?
—Euh... oui, hésitai-je.
—Combien ?
—Deux mille euros tout rond, pas un sou de plus.
—Mais alors pourquoi ? Pourquoi tu me rabaisses comme ça ? Quand je venais te chercher à la fac à Saint-Denis, t'étais bien contente de faire ton intéressante dans ma voiture. Quand on sort, c'est pas avec la tienne à ce que je sache. C'est pour notre couple. Quand il s'agit d'argent, visiblement il n'y a plus de couple qui tienne.
—D'accord, d'accord, si ça te tient tant à cœur, tu pourras utiliser cet argent pour la voiture. Mais s'il te plaît, à l'avenir discute, ne m'ignore pas comme tu l'as fait ces derniers jours.

Il prit mon visage entre ses mains, elles étaient douces, et il m'embrassa. Il prit les photos et m'invita à le rejoindre dans le canapé. Nous prîmes le temps de les regarder et de les commenter une par une. Ensuite, il m'enlaça et je vécus ce soir-là une énième lune de miel. Il était si tendre et à la fois si passionné que tout ce qui s'était passé ces derniers jours et juste avant, semblait désormais irréel.

Les transformations de la voiture prirent quasiment un mois. Une fois terminée, Thomas m'emmena l'essayer. Nous devions retrouver Kévin et Martine pour manger un *américain* (un sandwich) sur Saint-Pierre. Ensuite, il devait me ramener à la maison avant d'aller « pousser » à Cambaie.

—Ça fait plaisir de te revoir ! me confia Martine tandis que nos « hommes » étaient occupés à parler « auto ».

—C'est vrai, ça fait un moment qu'on n'est pas sortis avec Thomas. Le mécanicien a gardé sa voiture un bon mois.

—Oui, mais même avant je ne te voyais plus. La dernière fois c'était à Cambaie.

Je sentis une vague de chaleur pénétrer mon visage.

—Thomas me disait qu'ils sortaient entre potes, expliquai-je le cœur palpitant. C'est vrai qu'à aucun moment je n'ai pensé à t'écrire pour te demander si tu allais toujours à *la pousse.*

Martine se mit à rougir, comprenant qu'elle venait de faire une bêtise.

J'en parlai à Thomas dans la voiture. Il s'énerva, arguant que j'étais trop sur son dos, et que de toute façon *la pousse* n'était pas un endroit pour les filles.

—Ce n'est pas ça qui me chagrine, c'est le mensonge.
—Décidément, tu aimes te compliquer la vie. Si je ne t'emmène plus, c'est pour te protéger.
Il se mit à accélérer, j'eus un haut le cœur.
—Alors, tu veux m'accompagner à Cambaie ce soir? dit-il ironiquement alors qu'on s'approchait de la sortie de l'Etang-Salé.
—Non, ramène-moi à la maison.
Le lendemain matin, vers six heures, c'est un certain Miguel qui ramena Thomas. Il laissa son ami partir avant d'exploser. J'étais encore dans mon lit lorsqu'il se mit à m'insulter.
—C'est de ta faute si le turbo s'est cassé. Tu m'as prêté cet argent à contrecœur. Tu voulais ensuite me contrôler. T'es qu'une pauvre fille. Si je ne t'avais pas *ramassée*, à l'heure qu'il est, tu serais en train de faire ta pute.
Je me levai d'un bond et m'élançai sur lui, j'allais une nouvelle fois lui donner une claque mais il m'attrapa les poignets et serra avant de me pousser violemment sur le lit. Ensuite, il se dirigea vers la salle de bain et j'entendis le bruit de la douche. Puis il se coucha malgré lui de fatigue.
Un peu plus tard dans la matinée, je reçus un appel de ma mère.
—Comment ça va Ève ?
—Bien maman, merci. Et toi ?

—Ça va, je passe te prendre pour faire du shopping.
—En quel honneur maman ? lui demandai-je surprise.
—Pourquoi, il faut une occasion spéciale pour passer du temps avec sa fille ?
—Non bien sûr, mais je dois d'abord en parler à Thomas.
—Non, je passe te prendre, c'est urgent Ève.

Je compris au son de sa voix qu'elle avait effectivement quelque chose d'important à me dire. Je fis le choix de ne pas réveiller mon mari et de lui laisser un mot.
Maman vint me chercher avec Sofia, ma deuxième sœur.

Dans la voiture, c'est Sofia qui prit d'abord la parole.
—Qu'as-tu dit à Thomas pour qu'il te laisse sortir avec nous ?
—Quelle question ? Je lui ai laissé un mot car il dort. Pourquoi ?
—Non comme ça.
—Ne passe pas par quatre chemins Sofia, dit maman en prenant la route vers Saint-Louis.
Dis-lui ce que tu sais.
—Bon voilà Ève, je suis désolée, mais hier j'ai vu Thomas à Saint-Pierre...

Elle marqua une pause.

—Et... ? insistai-je.

—Il était avec une fille.

—Impossible, dis-je agacée, il est allé à Cambaie hier.

—Voilà maman pourquoi je préférais ne rien lui dire, dit Sofia à maman comme si je n'étais plus là.

—Ève, tu as confiance en ta sœur ou pas ? me demanda maman.

—Mais oui bien sûr, c'est juste qu'il m'a dit qu'il allait à Cambaie.

—Il a dû changer son programme, il était bien sur Saint-Pierre avec une fille, m'assura Sofia. J'étais avec Maxime, de loin je croyais que c'était toi, alors j'ai demandé à Maxime de vous rattraper, je voulais bêtement faire coucou à ma petite sœur et c'est là que j'ai compris que ce n'était pas toi. Thomas ne connaît pas Maxime. Lorsqu'il m'a vue, il a accéléré.

Mon cœur parla à ma place. Il s'emballa et se mit à me donner des coups très forts dans la poitrine. Mon visage se figea.

—Il fallait que ta sœur te le dise Ève, dit maman d'une voix affectueuse en me regardant dans le rétroviseur.

—Tu es sûre de ce que tu as vu Sofia ? lui demandai-je désespérée. Après tout, c'était le soir. Tu as vu la voiture de Kévin et Martine ?
—Je t'assure que j'ai bien vu Thomas et une inconnue malheureusement. En revanche, je n'ai vu ni Kévin, ni Martine.

Aussitôt, je décidai d'écrire un message à Martine:
> « — Coucou Martine, ça va ? Dis-moi, vous êtes allés avec Thomas à Cambaie hier ?
> — Coucou, ça va et toi ? On est allés à Cambaie avec d'autres amis. Thomas a préféré retourner sur Saint-Pierre pour faire le rodage de son turbo. Je suis désolée pour sa voiture.
> —Ça va aller, ne t'inquiète pas. À bientôt!»

—Ça va ? me demanda ma sœur.
—Vous pensez vraiment m'emmener faire du shopping pour me changer les idées ?
—On n'est pas obligées d'y aller si tu ne le souhaites pas, répondit ma mère.
Je fondis en larmes comme une enfant.
—Je veux rentrer à la maison maman. Je veux rentrer chez nous. Je suis allée trop vite, je n'étais pas prête pour le mariage.

—On ne te demande pas de prendre une décision aussi radicale, dit maman.
—Mais enfin maman, elle a raison, il l'a trompée ! s'exclama Sofia.
—Ça tu n'en sais rien. Tu l'as vu avec une autre femme, il a menti à ta sœur. Voilà les faits.
—Ah oui ? Et il se balade avec une autre femme juste pour ses beaux yeux tu crois ! rétorqua Sofia.
—L'infidélité peut constituer un obstacle dans un couple mais pas une raison pour divorcer, répondit ma mère.

Pendant qu'elles débattaient au sujet de ce que je devais faire ou pas, je refaisais dans ma tête le film de nos dernières disputes. Je me remémorai les coups de pieds aux fesses, la façon dont il m'avait extorqué de l'argent. Certes, j'avais dit oui pour le meilleur et pour le pire, mais pour moi le pire c'était la maladie, certainement pas la violence.

Chapitre 5 Cœur lourd

J'étais retournée chez ma mère le jour-même où elle était venue me chercher, j'étais bien décidée à divorcer. Ce n'était pas à cause de la mystérieuse femme. Je ne connaissais pas l'homme que j'avais épousé. Je ne pouvais pas lui en vouloir car je ne me connaissais pas non plus.

Je devais partir pour me découvrir, partir pour m'accomplir.

Avec mes parents, à aucun moment nous ne parlâmes de la séparation. D'ailleurs, rares étaient nos discussions.

Thomas m'appelait plusieurs fois par jour. Je ne répondais pas, non par vengeance, mais plutôt par appréhension. Il insistait, il m'envoyait beaucoup de mots tendres, des « je t'aime ». Il disait se trouver dans l'incompréhension. *Pourquoi étais-je partie ? Qu'avait-il fait ?* Il disait qu'il était désolé pour les insultes, qu'il était simplement fatigué et en colère à cause de sa voiture.

Je résistai à l'envie de décrocher durant plusieurs jours, des jours interminables où mon cœur brouillait tous mes sens.

J'essayais de me changer les idées, de m'occuper pour ne pas trop penser à lui. Je décidai de changer de coiffure en espérant me trouver jolie et m'aimer.

Sofia réitéra sa proposition d'aller faire du shopping.Cette fois j'acceptai. Un vent de nostalgie s'empara de moi. Je fouillai dans ma vieille armoire dans l'espoir d'y dénicher une tenue que j'adorais porter au lycée. Je souhaitais retrouver la Ève qui avait disparu, c'était naïf.

Avec Sofia, nous longions les magasins de Saint-Louis lorsque je vis ma belle-mère passer en voiture dans les embouteillages. Elle me scruta de la tête au pied. Je portais ce qu'on appellera plus tard un « crop top » ainsi qu'un jeans moulant. Je soutins son regard jusqu'à ce que sa voiture disparaisse au loin. De cette façon, je souhaitais m'affirmer face à elle, lui montrer que j'avais mon libre arbitre.

Néanmoins, je ne me sentais pas libre, je pensais sans cesse à mon mari. Je vacillais entre la tristesse et l'apathie. Parfois, je sentais que mon cœur pesait lourd dans ma poitrine, comme si on y avait déposé un fardeau. Je pleurais beaucoup dans ces moments-là. Les larmes coulaient en cascade sur mes joues, c'était libérateur. En revanche, à d'autres moments je ne ressentais rien, aucune envie ne s'exprimait à travers moi, un peu comme si mon cœur se consumait et moi avec. Je finis par répondre à Thomas au téléphone. Sa voix me fit l'effet d'une caresse. Plus il me parlait, plus je ressentais le besoin de l'entendre. J'avais besoin qu'il me consolât. C'est comme si tous les mots d'amour qu'il me glissait à l'oreille étaient salvateurs. Je me sentais exister à travers lui, confondant ses supplications avec de l'amour. Je croyais être importante à ses yeux, être indispensable à sa vie, donc exister, naïvement.

Il revint me chercher chez mes parents. Il discuta avec eux, se confondant en excuses. Je retrouvai l'homme doux du début et pensai à une seconde chance. L'idée de partir pour m'accomplir m'apparut soudain saugrenue. J'étais trop malheureuse sans lui, je devais écouter mon cœur. Sauf que le cœur a son propre langage, à cette époque j'étais encore trop jeune pour saisir ce que mes larmes cachaient et traduire ce que mon cœur voulait réellement me dire.

Je retournai vivre avec mon mari au bout de deux semaines. S'ensuivit une période de convalescence durant laquelle Thomas était aux petits soins. La passion reprit de plus belle. J'étais loin de m'imaginer que la chute n'en serait que plus brutale.

Un jour en rentrant du travail, il m'attaqua.
— Quand t'es allée faire du shopping la dernière fois avec Sofia, t'étais habillée comme une pute!
— Comment ça? Je ne vois pas de quoi tu parles, répondis-je interloquée.
—C'est ça, fais ta sainte nitouche, c'est tout à fait toi!
— Depuis qu'on s'est réconciliés toi et moi, je n'ai pas revu Sofia.
— Normal, quand vous traînez ensemble c'est pour faire vos putes. Et ne me prends pas pour un con, maman m'a dit comment t'étais habillée: aucune gêne, aucune pudeur, tu me fais vraiment honte!
—OK je vois, je me souviens maintenant. J'avais juste un haut court, ça ne fait pas de moi une pute.
Il se rapprocha de moi, le visage rouge et les veines apparentes.
—Tu passes ton temps à m'humilier. Tu te balades en ville comme une catin et je passe pour un imbécile devant ma famille.
Il termina sa phrase en me donnant un coup de poing au niveau de l'oreille. Mon monde s'écroulait de nouveau.

Après m'avoir «corrigée», il s'en alla. Avant de franchir la porte, il se tourna vers moi et me dit calmement:
—Au fait, ta nouvelle coiffure ne te va pas.

Et tu as grossi quand on s'est séparés. La séparation ne t'a pas du tout réussi.

Au moment où il claqua la porte derrière lui, folle de rage et de tristesse, j'enfonçai mes ongles dans mon ventre comme pour y déterrer la douleur que je ressentais, pas celle du corps, celle de mon âme meurtrie.

Un matin, ma sœur aînée m'appela pour me convier le jour même à une réunion de famille. À son ton, je compris que le sujet était grave mais elle refusa de m'en dire plus au téléphone. Anxieuse, j'en discutai avec mon mari. Celui-ci ne retint que la réunion dont il se croyait exclu et s'emporta. Il se mit à traiter mes sœurs de colporteuses, à accuser ma mère de vouloir nous séparer.

—Linda n'a pas mentionné le fait que tu devais être écarté de cette réunion. Après tout, nous sommes mariés, tu fais donc partie de la famille.

—Je sais que je ne suis pas assez bien pour tes parents.

Je regrettai aussitôt de m'être confiée à lui. Je ne trouvai pas le réconfort dont j'avais besoin à ce moment précis. Au contraire, j'eus droit à une pluie de reproches pour finalement me rendre à cette réunion avec lui comme si de rien n'était. Pire, je me souciais davantage de le mettre à l'aise au sein de ma famille, de ne pas le négliger pour ne pas le contrarier, oubliant au passage la raison de ma présence, et ne remarquant même pas l'absence de mon père.

Lorsque ma mère prit la parole, j'eus soudain l'impression d'émerger. Linda et elle avaient le visage grave, si bien que je compris qu'elles étaient toutes les deux dans la confidence. En revanche, Sofia, venue avec son compagnon, se trouvait comme moi dans l'ignorance. Notre petit frère, Luc, ne semblait pas en savoir davantage.

—Voilà, Linda et moi ne voulions pas vous en parler plus tôt pour ne pas vous inquiéter. Nous préférions attendre les résultats avant de...

Maman ne put terminer sa phrase, elle fondit en larmes.

—Papa est malade, il n'y a plus d'espoir, lâcha Linda comme une bombe.

À partir de ce moment, tout s'accéléra. Thomas me témoigna son soutien. J'avais envie de lui dire que je n'en voulais pas, que pour une fois je ne voulais pas être sauvée, que si je pouvais, je suivrais mon père. Je m'abstins et m'enfermai dans un profond silence.

Pendant ses dernières semaines, j'allais rendre visite à mon père le plus souvent possible. Un vendredi après-midi, je le quittai le cœur gros. Sur le trajet du retour, j'espérais retrouver Thomas et me jeter dans ses bras. Mais au lieu de cela, quand il me vit arriver, il me demanda de lui prêter ma voiture, la sienne était toujours en réparation. J'acceptai nonchalamment.

—Au fait, comment va ton père ?
—D'après toi!me contentai-je de répondre, agacée.

Je me réfugiai dans l'appartement tandis que lui s'en alla je ne sais où. Dans la soirée, ma mère me téléphona pour me prier de venir dire au-revoir à papa. C'était irréel.

Ce n'est qu'après avoir raccroché, que je me souvins que j'étais toute seule, coincée à l'Étang-Salé, sans voiture.

J'appelai Thomas des dizaines de fois mais ce dernier ne répondit pas. Il était injoignable. Je me mis à pleurer à chaudes larmes.

Au bout d'un moment, mon téléphone sonna, cette fois comme un glas. Il était déjà trop tard. Quand Thomas arriva, je me précipitai sur le parking.

—Tu ne vas pas prendre la voiture dans cet état, tenta de me raisonner Thomas. Je vais t'y conduire.

—Non, non, non, laisse-moi! Je te déteste! m'écriai-je comme une possédée.

Il me suivit jusqu'à la voiture. En m'y installant, je fis tomber mon téléphone. Je me penchai pour le récupérer et en tâtonnant un peu partout, je découvris un préservatif usagé.

C'en était trop pour moi. Je démarrai et accélérai la voiture avec pour seul objectif de voir papa. J'étais emplie de colère contre Thomas et contre moi, mais surtout de tristesse.

Pendant le trajet, je tentai de faire le tri dans mes idées. Je ne pouvais pas tout contrôler, je devais faire les choses dans l'ordre et la priorité était d'accompagner mon père.

Le lendemain, Thomas nous rejoignit, ma famille et moi. Je fis le choix de protéger mes proches et de faire comme si notre couple allait parfaitement bien. Il se montra adorable avec moi. Il pouvait passer de bourreau à sauveur en peu de temps, lorsqu'il ne jouait pas la victime.

Quelques jours plus tard, je lui annonçai que je souhaitais divorcer. C'était dans un de ces éclairs de lucidité avant qu'il ne réussît à me faire perdre toute crédibilité et qu'il me fît douter de moi-même.

Il me demanda pardon pour l'infidélité, affirmant que cette fille n'était qu'une erreur de parcours. J'appris qu'elle s'appelait Marion, qu'elle avait tout juste dix-huit ans, qu'il l'avait rencontrée lors d'une sortie entre copains. Mais il ne parla pas des violences, comme si celles-ci étaient justifiées.

Je décidai de rendre l'appartement et de retourner vivre chez maman, sachant qu'elle aurait besoin de moi. Je me sentais pousser des ailes. Je me découvris une force jusqu'alors latente.

Chapitre 6 *Nourri lo ver pou pik out ker (accorder sa confiance pour ensuite être trahi)*

On dit souvent « loin des yeux, près du cœur ». Nous avions rendu l'appartement. Lui était retourné chez ses parents, moi chez ma mère.

Cela faisait des semaines. J'avais déjà pris contact avec un avocat. Je paraissais sûre de moi.

Pourtant, son absence créait un véritable manque. J'avais terriblement mal dans ma poitrine. Papa me manquait également. Je m'éteignais petit à petit, perdant toute appétence. Désormais, la vie me semblait n'être qu'une misérable mascarade et le temps un meurtrier.

J'étais chez maman soi-disant pour la soutenir. Mais il se trouvait que j'étais en train de sombrer, et que c'était plutôt elle qui veillait sur moi. Je mangeais très peu, je dormais mal et pleurais beaucoup.

Pendant mes nuits d'insomnie, je repassais en boucle dans ma tête les meilleures scènes de mon mariage. Sur la pellicule défilaient les premiers soirs, les moments doux et chauds pendant lesquels l'amour se manifeste sous sa forme physique, provoquant dans la poitrine des soubresauts, inondant notre corps de chaleur jusqu'à empourprer nos jours. S'en suivaient les promenades dans les plus beaux endroits de l'île. Nous quittions les montagnes pour traverser les champs de canne à sucre, puis nous longions la mer jusqu'au nord de l'île. Au retour, nous passions par la route des laves, et prenions le temps de nous arrêter près d'une cascade. Nous vivions un conte de fée dans un lieu enchanté. Nous avions tout à portée de main mais il nous manquait l'essentiel pour nous connecter à ces cadeaux divins. J'ignorais de quoi il s'agissait.

Depuis que je l'avais quitté, Thomas ne cessait de m'envoyer des messages pour me dire que je lui manquais et qu'il m'aimait toujours. J'avais la sensation de l'aimer également, mais je refusais de lui répondre. Un jour, il débarqua à la maison, je m'enfermai dans ma chambre comme une enfant pendant qu'il discutait avec ma mère. Au bout de quelques minutes, elle vint me voir, les larmes au yeux. Elle me conseilla d'aller lui parler. Je crois qu'elle était lasse de me voir souffrir.

Je retrouvai le Thomas du début : avenant, attentionné ; je n'y comprenais rien mais cela me faisait beaucoup de bien. Je n'en avais pas encore conscience à l'époque, mais mon âme avait gardé des blessures de mon enfance qui influençaient mon comportement. Pendant mon enfance, j'avais l'impression d'être sans importance pour mes proches et j'avais peur d'être abandonnée. Cette peur m'a suivie, une fois adulte. Aussi, était-il plus facile pour moi d'accepter la maltraitance que l'abandon. De même, je voulais de l'attention. Malheureusement, mon âme blessée était en train de s'habituer à traverser le tunnel de la violence, pour obtenir un peu d'attention au bout.

Suivant les conseils de maman, j'acceptai de discuter avec Thomas. Je craquai, je lui servis sur un plateau ma souffrance, le manque de mon père ainsi que mes blessures d'enfance qui refirent surface.

Je suis née après la perte d'un frère longtemps attendu par mes parents. J'ai grandi dans l'ombre de ce frère, me sentant responsable de l'avoir en quelque sorte remplacé. Pire, j'avais parfois l'impression d'être coupable de sa mort alors que je ne l'avais jamais connu. Toujours est-il que lorsque je suis arrivée dans ma famille, j'ai été baignée dans la souffrance du deuil avec des parents en dépression qui se déchiraient et des sœurs traumatisées. Alors j'ai commencé à croire que j'avais une mission, celle de sauver les miens. J'ai fait tout ce que j'ai pu pour y arriver. J'étais l'enfant aimable, sans problème et plutôt douée à l'école. J'étais celle qui réconciliait les autres, qui tentait de resserrer les liens. Cependant, je n'étais pas Raphaël. J'ai porté le poids de sa disparition pendant des années jusqu'à la naissance de notre dernier frère. Luc arriva dans notre vie comme un miracle et nous délivra. Je n'avais plus de poids à porter, mais je devins très vite l'enfant que l'on oublie.

Thomas écoutait mon récit attentivement. J'étais, sans le savoir, en train de *nourri lo ver pou pik mon ker*. Il était au courant de ce frère disparu mais j'étais restée en surface lorsque je lui en avais parlé. Cette fois je me suis livrée, mise à nu. Je lui expliquai que je ressentais le besoin d'aider maman comme lorsque j'étais petite, que je la savais fragile et que j'avais peur pour elle.

—La meilleure façon d'aider ta mère à l'heure actuelle, serait de vivre ta vie. Ce n'est pas en te regardant te consumer qu'elle ira mieux. Et puis, elle n'est pas toute seule ici, il y a Luc. Tes sœurs lui rendent souvent visite. Tu viendras la voir également à chaque fois que tu le pourras.

—Tu as sans doute raison, dis-je ironiquement. Je dois vivre ma vie, mais c'est quoi ma vie ? On est au bord du divorce, si je n'obtiens pas mon CAPES, je ferai partie de tous ces jeunes diplômés au chômage, qui ne savent rien faire de leurs dix doigts. Je peux mourir demain, tu peux mourir demain. La vie est absurde.

—Je suis d'accord, la vie est absurde mais je suis convaincu qu'elle vaut la peine d'être vécue. Je ne veux pas divorcer. C'est toi qui t'es mise en tête cette idée stupide à cause d'une erreur que j'ai commise.

Il me prit dans ses bras, je posai ma tête sur son épaule et humai son odeur. Il commença à me caresser les cheveux, il ramena délicatement mon visage près du sien et m'embrassa. Sa douceur m'enveloppa. J'oubliai tout à cet instant, y compris moi.

« Je veux un enfant de toi » me glissa-t-il à l'oreille. Ses mots résonnèrent comme une évidence. Je pensai soudain qu'un enfant serait la solution. Un enfant viendrait combler le vide, renforcer notre amour et surtout, un enfant me donnerait de l'amour, à moi, sa mère. J'imaginai mon ventre rond ainsi que le berceau en rotin avec sa moustiquaire blanche. Du neuf et de la pureté.

Comme nous avions déjà rendu l'appartement, il me proposa de m'installer provisoirement avec lui chez ses parents. J'acceptai et quittai maman avec regret. Toutefois, elle semblait soulagée. Au lieu de la soutenir, j'avais ramené toute ma souffrance pour elle. Elle avait besoin de me sentir heureuse auprès de mon époux.

La vie chez belle-maman s'avéra plus compliquée que je ne le pensais. Ce n'est pas une question de bon ni de méchant mais d'habitudes, d'intimité et de confort. *Deux poules y couvent pas dans le même nid.* Je travaillais toujours comme caissière à temps partiel. Quand je ne travaillais pas, je restais à la maison seule.

J'attendais avec impatience la fin de la journée pour voir rentrer mon mari. Sauf que tout le monde rentrait en même temps et que nous n'avions aucune intimité avant l'heure du coucher. Il arrivait même parfois que Thomas rentrât plus tard que les autres membres de la famille car il passait voir son programmateur ou des amis.

Au bout de plusieurs mois, je n'étais toujours pas enceinte. À chaque fois que j'avais un retard de règles, tout mon être était suspendu dans le temps. Je m'accrochais à l'idée d'avoir un enfant avec une telle force, qu'à chaque fois que je voyais des taches de sang dans ma culotte, la chute était brutale.

Ma belle-mère me prit un rendez-vous chez sa gynécologue.

Arrivé mon tour, elle m'accompagna à l'intérieur.
—Êtes-vous déjà venue? me demanda la gynécologue.
—Non, c'est la première fois.
—Qu'est-ce qui vous amène ?

—Je n'arrive pas à tomber enceinte.
La gynécologue me regarda avec de grands yeux et les sourcils froncés avant de faire sortir ma belle-mère.
—Quel âge avez-vous madame ?
—Vingt-deux ans.
—Qui est cette dame pour vous ?
—C'est ma belle-mère.
—Et pourquoi vous venez chez le gynécologue avec votre belle-mère ? J'ai du mal à comprendre, me dit-elle sur un ton à la fois accusateur et bienveillant. Que faites-vous dans la vie ?
—Je suis un Master d'histoire-géographie à distance.
—Madame, les femmes comme vous sont l'avenir de demain. Vous aurez suffisamment de temps pour concevoir des enfants plus tard. Ce n'est pas un impératif et encore moins à votre âge.

Ses paroles me déstabilisèrent. Je ne savais pas trop quoi en penser mais me gardai bien de les répéter.

Peu à peu, Thomas recommença à sortir le week-end en me laissant sous la bonne garde de ses parents. Je me sentais de plus en plus seule et démunie. C'était pire que lorsque j'avais mon appartement car je devais me plier comme une enfant à des règles qui n'étaient pas les miennes et j'étais celle dont tout le monde se fiche, y compris Thomas. Je commençai à lui faire des reproches sur sa façon de me traiter comme un meuble. Il contre-attaqua en me conseillant de me faire soigner. Il me dit que ce n'était pas de sa faute si je ne m'aimais pas et que vu ma relation avec ma famille, c'était forcément moi le problème. Alors, nous nous disputâmes de façon virulente.

Sa mère qui n'avait entendu que la moitié de la conversation intervint en prenant son parti. Elle me somma de me taire, arguant que comme j'avais fait le choix de pardonner à son fils, je ne devais plus ressasser le passé et lui faire confiance. Elle avait raison pour la confiance et le pardon mais visiblement elle n'était pas au courant de la façon dont il me traitait et des promesses qu'il m'avait faites pour y remédier. D'ailleurs, elle ne chercha pas à connaître ma version des faits, ni mon ressenti. Elle termina ses remontrances en m'ordonnant de cesser «mes caprices». Je me sentais humiliée.

Chapitre 7 Cutter

« C'est ainsi que les maris doivent aimer leurs femmes comme leurs propres corps. Celui qui aime sa femme s'aime. » Ephrésiens 5 :28

Reléguée au rang d'enfant capricieuse, je n'étais plus légitime dans mon rôle d'épouse. Je n'avais plus mon mot à dire sur la conduite de Thomas. Après tout, par le mariage il était devenu mon chef, sauf que je n'avais pas l'impression qu'il m'aimait comme sa chair. Si tel avait été le cas, il aurait pris soin de moi comme de son propre corps.

Au contraire, il me brimait sur mon physique, plaisantant sur mon nez de cafrine ou toute partie de mon corps qui ne correspondait pas aux canons de beauté. Il s'amusait à me comparer aux femmes qu'on croisait dans la rue, toujours plus belles et plus parfaites les unes que les autres. Je suis arrivée à un point où tout m'insupportait chez moi. Je m'insupportais.

À chaque fois que je me regardais dans le miroir, je ne voyais que de la noirceur, mes paupières supérieures et mes cernes emprisonnaient mon regard. Mes bourrelets m'étouffaient, mes jambes m'alourdissaient.

Je m'en voulais terriblement d'être moi.

Un soir alors que Thomas dormait profondément, son téléphone sonna. Un appel manqué de «Foot» à vingt-trois heures. «Allô, Allô?», fit-elle au bout du fil avant que je ne raccroche.

Le message qui suivit me fit l'effet d'un coup de poignard: «On se voit comme prévu vendredi mon chéri?»

Je rappelai un peu plus tard dans la nuit, espérant tomber sur la messagerie de cette femme qui partageait la vie de mon mari, de cette inconnue qui partageait mon intimité. C'est ainsi que je découvris son identité : Aurélia Martin. Je fus déstabilisée par son profil Facebook. Elle était magnifique et moi si laide. Je me sentis soudain oppressée dans la chambre que je partageais avec mon mari. Il était là, à côté de moi, endormi, paisible. Toute la maison dormait. Et moi j'étais secouée de l'intérieur. Je me mis à faire les cent pas dans la chambre. J'avais envie de crier, de leur jeter à tous ma souffrance. J'étais l'intruse dans ce lieu si calme, trop calme pour ce qui était en train de se passer. La colère me gagna mais je me tus. Je m'assis sur le bord du lit, basculai mon corps en arrière et fixai le plafond. Les larmes envahirent silencieusement mon visage.

J'attendis patiemment que le soleil se levât.

Avant qu'il ne partît travailler, j'abordai le sujet fébrilement, ce qui me valut des reproches. Selon lui, j'étais jalouse et paranoïaque, je voulais simplement faire un scandale et réveiller sa famille. Je n'avais aucun respect pour les personnes qui m'avaient tendu la main et hébergée après le décès de mon père.

Décidément, j'étais ignoble. Toujours selon lui, comme j'étais mal dans ma peau, j'étais jalouse du bonheur des autres et je voulais simplement gâcher sa vie et celle de ses parents. Et tout cela en me servant d'un message dont j'ignorais la provenance, une erreur de numéro. Je ne savais plus quoi penser. Je savais au fond de moi que je n'avais rien inventé mais c'était sa vérité qui importait. Je me tus et me recouchai. Il me fit un bisou avant de partir et me glissa un petit « je t'aime » à l'oreille. La femme brisée que j'étais avait besoin d'entendre cela à ce moment précis.

Plus tard dans la journée, je décidai d'en parler à sa mère. Elle m'écouta attentivement, puis me dit ces quelques mots :

—Réfléchis bien avant de prendre une décision mon enfant. Sache que beaucoup de filles prennent plaisir à gâcher le ménage des autres, certaines seraient même capables de mentir pour arriver à leurs fins. En tout cas, ne prends pas de décision trop vite car si tu pars, Thomas ne te retiendra pas.

À l'entendre, je faisais fausse route et risquais de mettre mon mariage en péril pour les mensonges d'une midinette. Donc c'était moi le problème, encore et toujours moi avec mes caprices...

Les jours qui suivirent, étrangement Thomas était attentionné envers moi. Épuisée de ne pas m'aimer, je m'offrais à ses gestes tendres et buvais ses douces paroles sans poser de questions. Il prenait soin de moi, c'était ce dont j'avais besoin. Alors cette femme disparut temporairement dans un coin de ma tête. Mais un matin, en sautant du lit pour aller aux toilettes, je me pris les pieds dans le chargeur de Thomas et fis valser son téléphone un peu plus loin. Comme il dormait, lorsque je ramassai son portable, je composai instinctivement le numéro d'Aurélia. Au bout du quatrième chiffre, il apparut dans l'historique des appels. Thomas l'avait appelée une semaine plus tôt alors qu'il était au travail. *Est-ce qu'il allait encore nier ?*

Cette fois-ci, il se défendit en disant que les parents d'Aurélia étaient des clients, que l'entreprise dans laquelle il travaillait s'occupait de rénover leur maison, et qu'elle gérait les papiers pour ses parents illettrés.

On se disputa violemment. Je lui reprochai ses mensonges et son comportement versatile vis-à-vis de moi. Je lui dis que je voulais divorcer. Il répondit que de toute façon « la sale pute que j'étais » ne trouverait jamais quelqu'un de mieux que lui, que je faisais mon intéressante alors que je ne valais pas mieux que lui, que j'avais vite oublié la loque que j'étais lorsqu'on était séparés. Il rajouta que je ne méritais pas son respect. Il parlait en se rapprochant de plus en plus de moi et en haussant la voix. Il se penchait vers moi et me criait des insultes comme s'il me les jetait au visage. D'abord, je me recroquevillai mais à force d'entendre sa voix criarde et monocorde, je devins hystérique et bondis sur lui. J'essayai de lui mettre des claques pour qu'il se taise mais il avait plus de force que moi et me fit une clé de bras. Je hurlai pour qu'il me lâche. Ses parents nous entendaient mais personne n'intervint. Lorsqu'il lâcha enfin mon bras, je courus vers le séjour. Il m'attrapa par le cou et appuya de ses deux mains. Il me lâcha de lui-même au bout de quelques secondes. Effarée, je me rendis compte que ses parents avaient assisté à la scène sans chercher à nous séparer. Ils semblaient impuissants. Une fois calmés, chacun partit de son côté, moi dans la chambre et lui dans la salle de bain. Ses parents retournèrent à leurs occupations, tout cela comme si rien ne s'était passé.

    Il y avait un cutter dans la chambre, je n'ai pas réfléchi. J'appuyai le cutter sur ma peau pour qu'il la pénètre, trois fois, trois marques indélébiles dont une entaille plus large. Le sang perla sur le sol avant de se transformer en taches grossières. Mon poignet pendait légèrement mais la plaie n'était pas profonde. Je pris un bout de tissu pour rattacher le tout. C'était stupide. Thomas entra dans la chambre.

Lorsqu'il comprit, il cria: «Maman!».

Tout le monde finit par oublier la raison de notre dispute et ne retint que ma bêtise. Pire, j'étais passée de «jalouse paranoïaque» à «méchante et folle».

—Ève n'a pas besoin que quelqu'un lui fasse du mal, elle sait très bien se faire du mal toute seule, dit sa mère d'un ton sarcastique ; ce qui amusa ma belle-sœur.

Chapitre 8 Rondeur

Je me renfermais de plus en plus. Quand je n'étais pas au travail, je passais le plus clair de mon temps dans ma chambre, sans rien faire en attendant Thomas. J'étais désormais la paresseuse aux yeux de sa maman. Je commençais à me faire à l'idée que j'étais tout, sauf quelqu'un de bien. Je m'éteignais de plus en plus.

Je commençais à être migraineuse et à ressentir des nausées. Un jour, mon amie Martine que je ne voyais plus depuis un moment, me téléphona.

—Je suis une femme mariée comme toi, et si Kévin me trompait, je préférerais que quelqu'un me le dise franchement. Alors voilà, Kévin m'a interdit de t'en parler mais moi tu vois, je ne peux pas garder ça pour moi. Après tout, il n'avait qu'à être plus discret. Mais au lieu de ça, Thomas se balade partout avec sa maîtresse, il nous l'a même présentée. Elle s'appelle Aurélia. Kévin et moi on s'est disputés à propos de vous. Je me dis que s'il tolère ce genre de chose, c'est qu'il peut faire pareil.

Pendant qu'elle parlait, mon cœur palpitait. Ce fut un mélange de colère et de soulagement ! Le mensonge de Thomas volait en éclats. Il ne se mettrait jamais en porte-à-faux avec Kévin.

Quand Thomas rentra du travail, j'abordai immédiatement le sujet d'Aurélia.

—Alors comme ça, tu te promènes partout avec ta maîtresse et c'est moi « la sale pute » !

—Qui t'a raconté ces conneries ?

—Martine.

—Elle parle alors qu'elle ne sait rien. Si elle avait posé la question, elle aurait su qu'Aurélia est la cousine de Miguel. Quand on sort entre amis, je ne vois pas où est le problème s'il emmène sa cousine.

—Et parce que c'est la cousine de Miguel, c'est normal qu'elle t'envoie un message à vingt-trois heures en t'appelant «chéri»!

—Elle s'était trompée de numéro. Ça peut arriver à n'importe qui. Tu ne peux pas savoir à quel point ta jalousie m'étouffe.

Je fus très vexée par cette réflexion.

—Si tu m'emmenais de temps en temps avec tes amis, je ne poserais pas autant de questions.

—Ce n'est pas de ma faute si tu es toujours fatiguée. Arrête de chercher des problèmes partout. On est un groupe d'amis, à force, tu vas tous nous monter les uns contre les autres.

Après tout, c'était peut-être vrai. Peut-être que je n'arrivais pas à apprécier ce que j'avais. Je me culpabilisai d'être aussi possessive. Mais d'un autre côté, pourquoi Martine m'aurait appelée si elle n'était pas sûre d'elle ? Thomas arrivait toujours à semer le doute en moi, en touchant une corde sensible: mon sentiment de culpabilité. J'étais chamboulée par l'appel de Martine. Mais ce qui me troublait davantage, c'était la crainte de créer des problèmes au sein du groupe. Par conséquent, je fis le choix de me taire, faute de preuve. En même temps, je ne voulais pas voir la vérité en face.

J'étais de plus en plus malade, rien ne tenait sur mon estomac, je vomissais, je maigrissais à vue d'œil et j'étais très fatiguée.

Un jour, ma belle-mère fit irruption dans ma chambre en me conseillant de faire un test de grossesse.

—Ce n'est pas normal que tes nausées et tes vomissements persistent aussi longtemps. Si tu n'es pas enceinte, tu devrais consulter un bon médecin, me dit-elle.

Cette idée avait peu à peu quitté ma tête depuis mon rendez-vous chez la gynécologue.

Mais en faisant le test, je ressentis un mélange d'appréhension et d'excitation. La seconde barre rosée apparut en quelques secondes. Je ressentis beaucoup d'amour à cet instant précis. Beaucoup de joie aussi ! J'avais hâte de le dire à Thomas. Il était content, pas fou de joie comme je l'espérais mais content... Il s'en vanta.

Nous retrouvâmes Kévin et Martine et d'autres amis au restaurant pour leur annoncer la nouvelle. La froideur de Martine à mon égard me frustra ce soir-là. Je n'osai pas aborder le sujet d'Aurélia. Mais son attitude me laissait penser qu'il y avait un malaise. Elle discutait normalement avec Thomas mais m'ignorait complètement.

Thomas était vivace, avec un côté fanfaron qui avait tendance à plaire plutôt qu'à rebuter car il animait les soirées. Son bagou était en quelque sorte son passe-partout.

À la fin de la soirée, je ne pus m'empêcher de glisser quelques mots discrètement à Miguel avant qu'il ne parte.

—Dis-moi, pourquoi ta sœur n'est-elle pas venue ?
—Qui ? fit-il surpris.
—Aurélia.
—Euh...ben... bafouilla-t-il, comme s'il était pris au dépourvu. Elle n'était pas disponible.
—C'est ta sœur ou ta cousine ?
—Écoute, je n'ai rien à voir avec vos histoires ! répondit-il avant de faire volte-face.

Soudain, je compris. La femme étouffée à l'intérieur de moi se réveilla. Je reçus des coups très forts dans la poitrine. Ma gorge se serra et je vacillai. Les éclats de rire de mes amis se dissipèrent peu à peu tandis que je cherchais un appui pour ne pas tomber.

La frustration, la colère et une profonde tristesse colorèrent mon cœur et mon âme.

J'avais des choix à faire. C'est à ce moment-là que l'on m'aurait conseillé d'écouter mon cœur. Mais qui arrive parfaitement à écouter son cœur, à s'écouter à vingt-deux ans ? À cet âge-là, nous écoutons surtout ce que la société attend de nous. Encore faudrait-il savoir ce que la société attend d'une femme.

J'étais sûre d'une seule chose à l'époque : je voulais rencontrer l'enfant que je portais, je voulais qu'il vive. Peut-être était-ce égoïste de ma part, mais je voulais recevoir de l'amour pour pouvoir en donner en retour, et je pensais que cet enfant m'aimerait naturellement.

Le lendemain, j'appelai Aurélia. Je ne l'avais jamais vue en vrai et ne la connaissais pas, mais elle faisait partie de ma vie en quelque sorte.

Je me trouvais sans le savoir dans un jeu de pouvoir. Je me servis de ma grossesse pour l'écarter de ma vie, voyant en elle une menace. Je faisais fausse route. Elle me dit simplement qu'elle croyait qu'il allait mettre un terme à notre relation, qu'elle ignorait notre projet de bébé. Elle parut surprise et peut-être même choquée.

C'est un moment que j'ai particulièrement mal vécu.

Je ne dis rien à Thomas à propos de ma rencontre avec Aurélia. Toutefois, je compris à son attitude les jours suivants, qu'il savait. Il était désagréable avec moi, comme s'il me reprochait quelque chose. C'était très dur pour moi qui, enceinte, attendais plus que jamais de la tendresse.

Un jour, en sortant du travail, je commençai à peine ma sieste lorsque Thomas me cria dessus. J'étais à trois mois de grossesse.

—Espèce de paresseuse, sors du lit ! Tu ne vois pas que tu ressembles à une baleine!

Une autre fois, il me laissa porter toute seule les sacs de course, en croyant bon de me rappeler que j'étais simplement enceinte et non malade.

J'avais souvent mal au dos depuis mon quatrième mois. Une fois, j'étais littéralement pliée en deux à cause de la douleur.

Thomas et sa famille trouvaient que je surjouais. Alors, j'ai très vite cessé de me plaindre.

Malgré la fatigue et mes douleurs, la grossesse fut une parenthèse agréable dans ma vie. Ce fut aussi l'occasion pour Thomas et moi d'emménager de nouveau seuls et dans un logement plus grand.

J'avais acheté un livre qui expliquait les différentes étapes de l'évolution du fœtus. Aussi, suivais-je la croissance de mon bébé avec beaucoup d'intérêt. Je guettais avec impatience ses premiers mouvements. Aucun mot ne pourrait décrire l'émotion que j'ai ressentie lorsque j'ai vu les premiers soubresauts qu'exécutait mon ventre au repos, signe que je portais la vie. Jusqu'à maintenant, je trouve cela magique. L'image des vagues que dessinait mon ventre restera à jamais gravée dans ma mémoire.

Je voulais partager ma joie avec Thomas, mais il avait du mal à supporter mon ventre rond. Il avait même l'air dégoûté quand il me surprenait entièrement nue. Je ne m'attardais pas sur ce qu'il pouvait penser. Je me concentrais sur mon enfant.

C'est vrai, je l'avoue, j'aurais aimé avoir un mari aux petits soins qui allât me chercher des samoussas ou des pâtisseries selon mes envies. Faute d'attention de sa part, je me faisais plaisir en cachette.

Un soir, nous étions invités à un grand dîner de famille chez ses grands-parents. On nous félicita pour l'heureux événement.

Mon beau-père exprima au reste de la famille sa fierté d'être de nouveau papy tandis que les grands-parents de Thomas me choyèrent.

Le dîner terminé, je restai assise pour papoter avec sa cousine. Les autres membres de la famille profitaient de l'été à l'extérieur.

Soudain, la sœur aînée de Thomas vint me trouver pour me rapporter que mon mari était allé essayer sa voiture avec son cousin et la petite amie de ce dernier. À vrai dire, cela m'importait peu. J'avais bien mangé, j'avais discuté de grossesse et de bébé, j'avais passé une bonne soirée et j'avais surtout hâte de rentrer pour retrouver mon lit. Or, la sœur de Thomas insistait. Selon elle, la petite amie de leur cousin n'avait rien à faire dans la voiture. Je compris que je devais prendre ma place d'épouse et poser des limites. Je ne connaissais pas cette fille, peut-être qu'elle aimait les voitures ou peut-être qu'elle souhaitait simplement faire un tour avec son copain. Mais la sœur de Thomas n'était pas de cet avis. Elle trouvait que je ne m'imposais pas suffisamment. Je me sentis obligée par orgueil de lui montrer que mon mari me respectait, de lui prouver que je ne serais plus jamais « cocufiée ».

Lorsque Thomas vint me trouver dans la salle à manger, je ne lui laissai même pas le temps de s'expliquer, je le sermonnai devant ma belle-soeur. Je lui reprochai d'être parti sans rien dire pour accélérer sa voiture alors qu'il pouvait faire un accident. Je lui fis également une réflexion sur la fille, lui rappelant ses infidélités passées, sauf que j'ignorais qu'en rentrant dans l'allée de ses grands-parents, il avait enfoncé et griffé son pare-chocs. Il ne dit rien tant qu'on se trouvait chez sa famille mais il me pressa. Je dus terminer mon dessert en moins de deux. Arrivé dans la voiture, Thomas explosa. Comme j'avais ouvert «ma grande gueule», j'avais forcément mis le mauvais œil sur lui. Il me traita de tous les noms, il me gifla. Il continua pendant le trajet. Il tenait le volant de sa main gauche et de sa main droite il me donnait des claques et me tirait les cheveux.

Je ne sais pas à qui j'en ai le plus voulu ce soir-là : à Thomas, à sa sœur ou à moi-même ?

Quelques semaines plus tard, mon fils naquit prématurément. Thomas devint le plus heureux des papas et le plus attentionné des hommes. Il me ramena des tartelettes à la fraise à la maternité, celles que j'aurais aimé manger pendant ma grossesse. Je dus les mettre à la poubelle au bout de deux jours. J'étais morte d'inquiétude pour mon fils, manger était le cadet de mes soucis. Néanmoins, l'implication de Thomas me touchait, j'avais vraiment besoin de son soutien.

Le cordon coupé, le cœur d'une mère reste attaché à celui de son enfant. Aussi, fis-je un malaise à l'hôpital alors que le cœur de mon bébé ralentissait. Les bradycardies sont courantes chez les prématurés, mais les mamans n'entendent pas cela, elles ressentent.

Chapitre 9 Fureur

—Qu'est-ce qu'il est petit ! Il est si mignon !
—On dirait un chaton !
—Regardez, il fait la même mimique que Thomas quand il était petit.

Les conversations se superposaient. Je voyais mon bébé passer de mains en mains. Les commentaires allaient bon train, accompagnés d'éclats de rire.

Après avoir espéré sa sortie de l'hôpital pendant plus d'un mois, le jour J était enfin arrivé. Le matin, les soignants nous avait convoqués, Thomas et moi, pour nous annoncer que nous pouvions rentrer à la maison avec notre enfant. Ses examens étaient bons, il aurait un suivi dans un centre spécialisé jusqu'à ses six ans mais il ne semblait avoir gardé aucune séquelle.

Depuis l'annonce de sa sortie, j'étais excitée comme une puce. Je n'avais qu'une hâte : m'installer dans mon canapé avec mon fils, le cajoler et le sentir près de moi, tout simplement.

Mais lorsque nous arrivâmes à la maison, celle-ci avait été prise d'assaut par la famille de Thomas. Je fus d'abord flattée par cet accueil mais déchantai lorsque Thomas m'envoya chercher du lait en poudre, suivant les conseils de sa maman. N'importe qui aurait pu y aller à ma place. Au lieu de cela, la famille proposa de garder mon fils avec Thomas, le temps que j'aille acheter tout ce dont il avait besoin.

Ce moment tant attendu, ce moment privilégié où je devais me retrouver pour la première fois seule avec mon fils et mon mari, venait d'être reporté.

D'ailleurs, rares furent les moments où nous étions tous les trois. Souvent, nous recevions la visite des amis de Thomas. Lorsque nous n'avions pas de visite, c'était Thomas qui sortait. Il rentrait très tard.

Une nuit, il rentra vers les quatre heures du matin. Il venait de s'endormir à mes côtés lorsque notre fils hurla. C'était un bébé glouton qui réclamait souvent du lait. Il ne faisait donc pas ses nuits. J'entendais mon fils pleurer, mais il me fallut un temps pour me lever à cause de la fatigue. J'avais comme des galets sur les yeux, je n'arrivais pas à les ouvrir car j'étais exténuée.

Thomas s'impatienta et cria après moi. Il me commanda de me dépêcher car il avait besoin de se rendormir.

Au bout de quelques secondes, je pus rouvrir les yeux et préparer le biberon de mon fils.

Au moment de le lui donner, je ne pus m'empêcher de faire une remarque à Thomas pour lui montrer mon agacement.

—Je te signale que moi, je n'ai pas trop dormi pour m'occuper de notre fils, alors que toi, tu es fatigué parce que tu as fait la fête toute la nuit !

Alors que mon bras droit servait de support à la nuque de notre enfant, et que je tenais le biberon qu'il tétait vigoureusement, de la main gauche, Thomas me donna une gifle qui fit tourner ma tête à quatre-vingt-dix degrés. À ce moment précis, j'aurais voulu hurler de rage. Mais je me tus pour ne pas effrayer mon fils qui observait la scène en continuant sa tétée. J'étais furieuse. Je me sentais humiliée par le geste de Thomas qui ne servait qu'à asseoir sa domination.

Suite à cet incident, j'ai continué de vivre normalement.

En photo nous étions beaux tous les trois. Aux mariages nous étions toujours bien habillés. Je faisais en sorte que nous fussions toujours bien assortis. Je m'assurais jusqu'au moindre détail que tout était coordonné. Ma vie se résumait à une carte postale. J'avais des photos partout dans la maison qui constituaient le film d'une vie rêvée, dont j'étais la spectatrice. J'étais esseulée à l'époque. Thomas était pris entre son travail, ses entraînements de foot, ses matchs et ses sorties entre potes. Il refusait que j'assiste à ses matchs. Il disait que je le stressais. Je n'y croyais pas mais je n'insistais pas, même si j'aurais aimé que notre fils vît son père sur le terrain. En revanche, il aimait me savoir à la maison, cela le rassurait. Il ne trouvait personne d'assez fréquentable dans mon entourage.

Je m'habituais à la solitude et faisais les choses par automatisme, même m'occuper de mon fils, si bien que j'ai très peu de souvenirs de cette période-là. À vrai dire, les seuls que j'en ai gardé, sont mitigés, à la fois beaux et douloureux, comme la première journée de mon fils à la plage.

Un samedi matin, ma sœur Linda me proposa de l'accompagner à Saint-Pierre.

D'abord, je lui répondis non. Elle insista, arguant que cela nous ferait du bien à mon fils et à moi. Elle rajouta que nous ne rentrerions pas tard. Je finis par accepter car malgré les interdictions de Thomas, j'avais cruellement besoin d'évasion. Et puis, je me dis que c'était aussi pour notre fils. Ainsi, je laissai un message à mon mari pour le prévenir. Nous eûmes droit à une belle journée ensoleillée. Ma sœur fut choquée de me voir garder mes habits sur la plage alors qu'elle affichait fièrement ses abdominaux et ses formes dans un magnifique bikini blanc, qui mettait, qui plus est, son bronzage en valeur. Mon fils avait environ onze mois, je m'amusais à le regarder tripoter le sable et s'en mettre partout. Puis, je pris sa menotte dans ma main et nous marchâmes un peu au bord de l'eau. À chaque éclaboussure que provoquait notre contact avec l'écume, mon fils riait aux éclats. J'étais ravie !

Comme ma sœur me l'avait promis, elle nous déposa assez tôt à la maison. Il n'était même pas encore seize heures.

Thomas arriva quelques minutes plus tard, alors que j'étais en train de ranger les affaires de plage.
— T'étais où et avec qui? me demanda-t-il, furieux.
— Je suis allée à la plage avec Linda, tu n'as pas reçu mon message ?
—Tu ne m'as rien demandé pétasse.
Je reçus sa remarque de plein fouet et rétorquai :
—Eh bien, explique-moi pourquoi il me faut absolument ta permission pour emmener notre fils à la plage? lui demandai-je, agacée. Si je t'attends, on ne fait absolument rien. Je vis recluse avec notre fils. Tu m'écartes de tout, même de tes matchs !

— Pourquoi, t'as envie de mater mes coéquipiers peut-être ?

— Pas du tout ! J'essaie de te faire comprendre que j'aimerais qu'on fasse des choses tous les trois, en famille ! Mais comme t'es jamais disponible, quand ma sœur a eu la gentillesse de me proposer de sortir, j'ai dit oui naturellement.

— Ne cherche pas d'excuses. T'avais juste envie de faire ta pute sur la plage ! T'as bronzé en string?

— Arrête de dire n'importe quoi! protestai-je avant de tourner les talons.

Il m'attrapa le bras et me secoua. Il ne s'arrêta pas là. Il m'infligea une «correction». Il disait parfois qu'il fallait «dresser» une femme. Il fallait bien entendu comprendre ce mot dans son sens premier.

Profondément blessée par cet épisode, j'insistai pour l'accompagner à son match de foot le lendemain. J'estimais qu'il me devait bien ça pour les coups que j'avais reçus. Mais il refusa catégoriquement. Triste et en colère, je décidai d'y aller quand même, sans me montrer. J'observai le match de loin. Je compris tout lorsque j'aperçus Aurélia Martin clamer le nom de mon mari dans les tribunes.

Visiblement, cela ne dérangeait personne.

Une fois à la maison, nouvelle dispute ! Je lui reprochai de m'écarter au profit d'Aurélia et lui, me reprocha de l'humilier en l'espionnant. Je reçus une nouvelle correction qui, cette fois, me fit passer toute envie de me rebeller ou de m'évader de ma prison. Alors, je me repliai sur moi-même et me réfugiai dans le travail.

    Lorsque mon fils avait un an, je travaillais quarante heures par semaine. La tendance s'était un peu inversée : je ne cherchais plus Thomas. Le croiser me suffisait. Il sentait certainement que je commençais à lui échapper car un soir nous nous disputâmes. Je ne saurais dire comment la dispute avait éclaté car mes souvenirs de cette époque où je vivais comme une automate sont très confus. Je me rappelle de la marque qu'il m'a laissée ce soir-là sur la joue car j'avais peur de garder une balafre. Je me souviens également qu'il m'a jetée dehors alors qu'il avait notre fils dans les bras. Il me poussait et me criait de partir en m'insultant. J'étais triste et dépassée ! Je suis allée à pied chez sa cousine qui habitait à seulement quelques mètres. Elle m'accueillit et prit le temps de m'écouter, elle me réconforta sans pour autant prendre parti. Au bout d'un moment, elle me ramena à la maison. Entre-temps, il s'était calmé.

    Plus tard, il me fit des reproches. Selon lui, depuis la naissance du petit je l'avais délaissé et quand j'ai repris le travail, c'était pire. C'était vrai, donc, une nouvelle fois je me culpabilisai. Je le sentais fort physiquement mais en carence affective, comme moi d'ailleurs. Or, comment l'aimer si moi-même j'avais des lacunes ?

Nous étions comme deux grands enfants malades d'amour et incapables de se chérir. J'avais de la peine pour lui, pour nous deux...

Partie II Dépression

Chapitre 1 Trop Rêveuse !

«Les espoirs creux ne trompent que les imbéciles, les rêves n'excitent que les gens sans bon sens. C'est vouloir saisir l'ombre ou attraper le vent que tenir compte de ses rêves. Ne leur accorde aucune attention, à moins que le Très-Haut te les envoie pour t'avertir. Les rêves ont égaré beaucoup de gens et ceux qui y croyaient sont tombés de haut.» Deutéronome

—Oh là là, il faut t'emmener chez le débosseleur chérie! s'exclama Thomas sur le ton de la plaisanterie alors que je me déshabillais pour me doucher.

Nos amis venaient de quitter la maison, Thomas avait bien bu ce soir-là. Suffisamment pour être jovial, mais pas trop.

J'observais mon ventre qui se déplaçait vers la gauche. Ma fille devait entendre son père. Peut-être était-elle également impatiente de sortir ?

J'étais arrivée à trente-sept semaines. Elle ne serait pas prématurée comme son frère.

L'angoisse des six premiers mois était passée. Ce soir-là nous nous couchâmes joyeux et paisibles.

Pour ma part, j'avais mon fils de quatre ans qui dormait dans sa chambre, mon bébé dans mon ventre et mon mari à mes côtés. La soirée s'était passée sans incident, que demander de mieux ?

Le lendemain j'accouchai. Un accouchement rapide et si simple comparé au premier. J'étais comblée. Elle était jolie comme un cœur. Thomas était aux anges. Était-ce cela le bonheur ? J'étais persuadée que rien ne pourrait entraver le sentiment de béatitude que je ressentais à ce moment précis. C'était ce dont j'avais toujours rêvé : ma famille. Ces moments de bonheur intense, quoique courts, étaient suffisants pour me faire oublier le reste. L'émotion que j'éprouvais était semblable à une lumière qui irradie autour d'elle. Une lumière éblouissante si bien qu'elle en vient à occulter le reste, ce dont le cœur ne veut pas.

Je n'avais aucun ressentiment contre Thomas, le passé devait rester enfermé dans le passé. Je considérais que chaque jour nouveau était une occasion de faire des choix meilleurs et de se repentir. Je ne me considérais pas non plus comme victime. J'avais probablement nourri la violence par des mots, des reproches. Les trois dernières années n'avaient pas été faciles. Thomas avait monté sa propre boîte. Il travaillait dur et n'était pas toujours de bonne humeur. Lorsque je suis tombée enceinte, Thomas commençait à lever le pied et à récolter le fruit de son labeur. Je travaillais toujours de mon côté. Mais je faisais moins d'heures et gagnais mieux ma vie. Notre situation financière était confortable. Toutefois, nous ressentions un manque.

Alors, quand ma fille est née, j'ai entrevu un nouveau départ, un nouveau livre à écrire. J'ai mis sur le compte de la fougue juvénile tout ce qui s'était passé avant et j'ai nourri un rêve, ou plutôt des illusions.

Je suis restée plus longtemps que prévu à l'hôpital car j'ai fait une rétention urinaire. Je n'ai donc pas pu fêter Noël avec mon fils. Chaque jour j'essayais de toutes mes forces d'uriner, en me disant que ce serait le sésame pour rentrer chez moi et que la famille serait enfin réunie. Tout reposait sur mes épaules.

Thomas a souhaité fêter mon retour à la maison. Nous avons dîné en compagnie de ses parents et de l'un de ses amis. Ce soir-là, il a bu plus que de raison. Je n'ai rien vu venir. Une fois les invités partis, il a commencé à s'énerver et a pris son fusil en répétant qu'il allait tuer Kévin. Kévin et lui avaient travaillé un temps ensemble mais cela n'avait pas fonctionné. L'argent les avait séparés définitivement.

Depuis, Thomas avait gardé beaucoup de rancune. Mais je ne m'attendais pas à ce qu'il ressortît ce vieux dossier dès mon retour de maternité. Il faisait les cent pas devant moi, complètement ivre, avec son fusil à la main et se parlant à lui-même. Il ne m'impressionnait pas, j'avais simplement peur que les enfants ne se réveillent et n'assistent au spectacle. Mon bébé ne pourrait pas comprendre mais elle pourrait ressentir les émotions de son père. Aussi, décidai-je d'appeler un ami à lui pour le calmer. Ce dernier arriva très vite et l'emmena faire un tour en voiture. C'est ainsi que je me retrouvai toute seule avec mes deux enfants à mon retour de la maternité. Depuis, Kévin est toujours vivant.

Toutefois, l'espoir fait vivre. J'espérais, j'attendais, j'étais donc passive mais j'étais en vie. J'espérais que mon rêve se concrétise et pour cela je lui laissais le temps de mûrir.

Je voyais les autres qui avaient plutôt bien réussi leur vie de famille. Nous avions à peu près le même âge, le même parcours. Pour certains, les choses avaient l'air moins compliquées. Je finis par me mentir et calquer ma vie sur la leur.

Nous fîmes quelques sorties tous les quatre jusqu'à ce que Thomas se plaignît de devoir nous attendre et de transporter poussette, cosy et sac à langer dans sa magnifique berline. Alors, très vite chacun prit sa voiture lorsque nous étions invités. Il était seul, pourtant il arrivait toujours après moi qui transportais les enfants et toutes les affaires. Bien entendu, j'étais rentrée à la maison avant lui. Pour se justifier, il disait à tout le monde que je me comportais comme une mamie depuis la naissance de notre fille.

Les mois passaient et je le voyais de moins en moins. Comme à une certaine époque, il sortait souvent, sauf que désormais il consommait régulièrement de l'alcool. J'étais donc angoissée à chaque fois qu'il découchait. J'imaginais le pire. Il pouvait tuer quelqu'un ou se faire tuer au volant.

J'ignorais où il allait et avec qui. Il avait tellement de camarades mais si peu d'amis sincères. Quand j'essayais de le joindre pour prendre des nouvelles, le téléphone pouvait sonner des heures, ou alors il était complètement éteint.

À la maison, des dizaines de personnes défilaient chaque jour pour voir le grand patron. Son rêve à lui semblait s'être réalisé. Il avait de l'argent et donnait l'impression de briller. Il attirait les gens vers lui.

Un jour, il me regarda droit dans les yeux et me dit: « Qu'est-ce que tu as fait dans ta vie? Sérieux, qu'est-ce que tu as réalisé? Moi j'ai écrit une histoire et toi? »

Il était complètement soûl mais il semblait sérieux. Je repensai aussitôt aux paroles de la gynécologue. Mais je ne m'y attardai pas.

J'avais deux magnifiques enfants qui me rendaient fière et grâce à qui j'étais encore amoureuse de lui. Même si je n'ai pas connu le véritable amour.

Chapitre 2 Une vive douleur

Je gagnais bien ma vie mais je n'avais pas encore de travail stable. J'effectuais des remplacements un peu partout sur l'île. Lorsque ma fille eut quatre mois, je fus affectée dans l'Est. Je me réveillais à quatre heures du matin, je me préparais. Puis je portais mon fils jusqu'à la voiture en prenant soin de ne pas le réveiller. Enfin, j'emmaillotais mon bébé dans une couverture et l'attachais dans son cosy, direction chez la nounou. Puis, je faisais le trajet de l'Étang-Salé vers l'opposé de l'île, que j'eusse dormi ou pas. Parfois, je quittais la maison avant que Thomas ne fût rentré.

Comme il était son propre patron, il organisait son planning à sa guise. Il n'avait plus de contraintes d'horaires contrairement à moi. Alors, il faisait la fête quand il le décidait, même si c'était un jour de semaine.

Un soir, des amis sont restés dîner. Vers vingt-deux heures, je suis allée me coucher car je travaillais le lendemain. Il mit de la musique que j'entendais depuis ma chambre à l'étage. Je descendis pour lui demander gentiment de baisser le volume. Il fit mine de ne pas m'entendre. Alors, je baissai moi-même la musique. Une fois arrivée dans la chambre, je me rendis compte qu'il avait déjà remonté le volume. Je descendis au moins trois fois ce soir-là pour baisser la musique. À chaque fois il remontait le volume.

J'eus beaucoup de mal à m'endormir cette nuit-là. Une fois endormie, je fus réveillée par les pleurs de ma fille. Le matin, en allant au travail, je dus lutter pour ne pas somnoler au volant. Je n'avais aucune aide, aucun soutien. Thomas se défendait en disant que c'était moi la mère...

J'avais lu un article qui disait que beaucoup de couples se séparaient à cause des enfants. Je refusais de faire partie de ceux-là. Je me voyais mal être en situation de garde alternée avec des enfants en bas âge. Par conséquent, j'essayais de faire de mon mieux, de ne pas me plaindre, d'écouter les besoins de Thomas.

Pour le baptême de notre fille, nous organisâmes une somptueuse fête. Je voulais créer un décor enchanté, donner l'impression d'une véritable féerie. Je n'avais donc pas lésiné sur les moyens. Avec le recul, je crois que je cherchais différentes occasions de m'évader de la réalité. De la décoration des chambres d'enfants aux décorations de Noël, finalement, tous ces artifices ne servaient qu'à masquer une réalité trop sombre. J'étais cette petite fille qui n'avait jamais grandi, cette enfant intérieure coupable qui ne s'aimait pas et qui se punissait toute seule.

C'est donc au milieu d'un décor enchanté que Thomas et moi fîmes notre discours avant d'ouvrir le bal. Ce fut très rapide car je n'étais pas à l'aise pour parler en public. Quand nous entamâmes la première danse, Thomas me glissa à l'oreille que c'était ridicule car il ne s'agissait pas d'un mariage. Il était distant et j'en fus très vexée. Je souhaitais que ce moment fût magique. Je pouvais acheter toutes les décorations que je voulais mais je ne pouvais pas contrôler l'attitude de mon mari qui m'ignora toute la soirée, sans explication.

C'en était trop ! Le lendemain nous étions au bord de la séparation.

—Maman, maman, elle a quelqu'un d'autre je te dis. Elle me trouve tous les défauts du monde depuis quelque temps. Elle a le feu au cul, ça se voit.

Comme d'habitude, sa maman était là pour «arranger» les choses, essayer de comprendre nos problèmes et nous donner des conseils. Elle minimisait ce que je ressentais. Nous avions des enfants ensemble, je ne pouvais pas, selon elle, partir sur un coup de tête. Je connaissais le caractère de Thomas depuis le début. *Pourquoi partir maintenant ? Après deux enfants ? J'étais égoïste.* Elle aussi elle avait eu des problèmes de couple, comme tout le monde d'ailleurs. Elle a pensé à ses enfants et elle a porté « sa croix ».

Sauf qu'elle ne vivait pas avec son fils, elle ne vivait pas ce que je vivais au quotidien. Je souffrais. Je souffrais de l'isolement, de la solitude, de la fatigue. Je souffrais d'être ignorée et d'être traitée comme une boniche. Je souffrais de mal dormir. Je souffrais d'avoir l'impression de tout donner et de n'avoir rien en retour.

Et comme d'habitude, il avait les mots pour me vampiriser et m'éteindre. Je suis restée malgré mon mal-être, malgré moi.

Il devenait de plus en plus dur. Il me traitait avec beaucoup de mépris. Je ne comprenais pas. Je ressentais une grande douleur. Mon corps commença à parler à ma place. J'eus un lumbago et la mâchoire bloquée.

Lorsque je demandais à Thomas de faire des efforts, que je lui disais que j'avais besoin d'affection, il me répondait que si je n'étais pas contente, je n'avais qu'à partir, que d'autres aimeraient être à ma place. Je n'avais presque plus d'énergie, je maigrissais à vue d'œil.

Désespérée, j'allai pleurer sur la tombe de mon père. Je lui priai de me révéler ce qui n'allait pas.

Un soir que Thomas était sorti, j'entendis du bruit, des éclats de rire et des bruits de pas comme s'il y avait des personnes dans le jardin. La maison comportait un sous-sol. J'appelai Thomas pour voir s'il s'y trouvait, mais son téléphone était sur messagerie. Je n'osais pas descendre.
Et si c'étaient des voleurs ?
Au bout d'un moment les bruits se dissipèrent. Le lendemain, j'en parlai à Thomas qui me traita de folle.
Un autre soir, il rentra vers trois heures du matin. Quand il fit irruption dans la chambre, je me réveillai en sursaut et le vit couvert de sang. Mon cœur s'accéléra, je lui demandai ce qui s'était passé, s'il s'était bagarré. Finalement, lorsqu'il s'approcha, je me rendis compte à la lueur de la lampe que son visage était intact, qu'il n'y avait pas de sang, j'avais donc halluciné.
Quelques jours plus tard, Thomas reçut un appel. Il était en train d'arroser et avait laissé son téléphone dans le salon. Je décrochai et entendis la voix d'une fille : « Chéri, tu décroches mais tu ne parles pas ? »
Je raccrochai aussitôt. Je venais d'avoir ma révélation. J'espérais qu'avec ce que je venais d'apprendre, sa famille me comprendrait et soutiendrait ma décision de partir, du moins, qu'ils ne me mettraient pas de bâtons dans les roues.

Chapitre 3 Le descendeur émotionnel

Thomas a d'abord nié, comme d'habitude. Mais lorsque j'ai composé devant lui le mystérieux numéro, il avoua. Je raccrochai aussitôt. Il me dit avec la colère de quelqu'un qui a été pris sur le fait, que oui, il avait une liaison, et qu'il n'avait plus rien à faire de moi. J'étais triste mais soulagée. Soulagée de détenir la vérité, ou du moins une partie.

Les derniers mois avaient été particulièrement pénibles! Quand j'avais tenté d'expliquer à sa famille pourquoi je voulais partir, il avait réussi à retourner la situation en me faisant passer pour une moins que rien. C'est bête, mais je détenais la preuve que je n'étais pas folle. Alors je pris l'essentiel, mes deux enfants et quelques affaires, et retournai vivre chez ma mère.

Après l'annonce de notre séparation, les langues se délièrent. Apparemment, tout le quartier était au courant, sauf moi évidemment, et sa famille, comme par hasard. Elle s'appelait Myra, elle venait de Saint-Denis et était installée depuis plus d'un an à l'Etang-Salé, à seulement quelques mètres de là où j'habitais avec Thomas. Il me trompait depuis environ cinq mois avec cette femme qui était aussi notre voisine. Je l'avais certainement croisée au moins une fois à la boulangerie ou au snack sans savoir qui elle était.

Est-ce qu'elle savait qui j'étais ?

On m'a même rapporté que Thomas s'était vanté d'avoir couché avec sa maîtresse dans le sous-sol pendant que je dormais à l'étage avec les enfants. J'ai fait le lien avec les bruits que j'avais entendus, j'étais folle de rage. Mais il nia cela.

Je lui proposai qu'on s'arrangeât à l'amiable pour les enfants. Il me dit que de temps en temps il prendrait notre fils pour dormir mais que comme notre fille était bébé, il préférait la garder uniquement la journée. J'étais d'accord.

Mais très vite il changea de discours. Il me dit qu'il regrettait, il me pria de revenir. Il m'assura que c'était fini avec Myra. Je ne voulais rien entendre bien entendu.

Alors, sa mère s'y est mise elle aussi :
« Il a juste voulu s'amuser. Mais tel que je connais mon fils, il ne fera pas sa vie avec une femme comme elle, c'est une catin, une moins que rien, qui donne son corps pour de l'argent, une bière ou des cigarettes. Tu n'as pas à t'inquiéter Ève. »

À cela j'ai répondu : « Peu importe qui est cette femme, ça aurait pu être quelqu'un d'autre. À quoi bon l'insulter? Ça ne change rien au fait que Thomas m'ait trompée et malmenée! Je ne reviendrai pas sur ma décision. »

Suite à cela, je suis devenue celle qui ne comblait pas son mari. Je voulais bien le croire, mais alors, qu'il me laisse tranquille !

Il m'appelait tous les jours, me répétait qu'il n'avait jamais voulu en arriver là. De mon côté, j'étais décidée à tourner la page même si j'étais malheureuse. Je commençai par me chercher un logement car avec mes deux enfants je n'allais tout de même pas rester éternellement chez ma mère.

Je trouvai assez rapidement et l'annonçai à Thomas.

À partir de là, les choses se compliquèrent.

Un soir, il devait récupérer notre fils après son match. Je n'avais pas encore déménagé. Lorsqu'il arriva, il m'annonça que notre fille qui n'avait que onze mois et que j'allaitais toujours, dormirait chez lui également. Sa mère lui avait conseillé de s'habituer à la prendre la nuit.

J'étais affligée. Je n'étais pas du tout préparée à être séparée de mon bébé. On en avait déjà discuté et on s'était mis d'accord pour faire les choses progressivement. Comme je l'allaitais et qu'elle ne faisait pas ses nuits, nous étions convenus qu'il la garde uniquement les journées le temps que j'arrête l'allaitement.

Je compris que ce revirement était une stratégie pour me faire du mal et peut-être même pour que je retourne dans ses filets.

«C'est toi qui as voulu la séparation ! C'est toi qui es partie !» me dit-il alors qu'il attachait notre fille dans sa voiture et que j'étais en larmes.

C'était un supplice de la voir partir. Nous étions si fusionnelles elle et moi. Tandis qu'il avait fallu attendre des semaines pour que je me retrouve dans l'intimité avec mon fils, immédiatement ma fille était venue prendre mon sein. Très vite, j'étais devenue indispensable pour elle. Je l'ignorais à ce moment-là, mais la déchirure que je ressentis lorsque Thomas me retira ma fille, était une réminiscence de ma blessure d'abandon, occasionnée lorsque je fus séparée de mes parents pendant mon enfance. Une réminiscence que j'avais déjà vécue lorsque mon fils avait été transféré en réanimation néonatale à sa naissance.

Anéantie, j'essayai de répondre à Thomas que c'était lui qui m'avait trompée et maltraitée, afin de le dissuader d'emmener ma fille, mais il ne voulait rien entendre.

Une autre fois, il débarqua sans prévenir en pleine nuit chez ma mère pour récupérer les enfants. Il était environ une heure du matin.

J'appelai les gendarmes qui me répondirent que s'il n'y avait pas de jugement, ils ne pouvaient rien faire.

Je proposai à Thomas une médiation. Il refusa, arguant que nous avions fait nos enfants à deux, pas à trois.

Je demandai donc le divorce et la résidence des enfants chez moi. Thomas était déconcertant. Il me dit qu'il n'accepterait pas le divorce mais il me proposa de m'aider à déménager. Il me proposa même de venir choisir les meubles que je souhaitais garder. J'y allai un soir après le travail.

La maison était en désordre. Les vêtements jonchaient le canapé. La vaisselle débordait de l'évier. Plusieurs détails attirèrent mon attention : des mégots de cigarettes écrasés dans un cendrier alors que Thomas ne fumait pas, nos cadres de mariage qui n'étaient plus accrochés au mur.

Sous l'évier, des bouteilles de champagne vides : je les avais achetées pour le baptême de notre fille. Il en était resté quelques unes. Je m'étais dit que j'en boirais quand je n'allaiterais plus. Mais visiblement Thomas n'avait pas attendu. Les traces de rouge à lèvres sur les flûtes confirmèrent ce que je pensais.

Pourtant, Thomas nia fermement avoir reçu une femme à la maison.

—Tu peux me le dire maintenant qu'on n'est plus ensemble.
—Tu n'attendais que ça, avoue-le, s'énerva-t-il. Maman a dit que si tu es partie aussi facilement, c'est que tu as quelqu'un.
L'entendre parler de sa mère m'exaspérait.
—Je me fiche de ce que ta mère pense ou dit !
Il m'attrapa le poignet et appuya.
—Avoue que tu as quelqu'un et que tu n'attendais que ça !
Je me doutais en arrivant qu'il avait bu. Mais il me semblait qu'il y avait autre chose. Son visage était blême, ses yeux étranges.
Il finit par me lâcher le poignet mais il me bloquait littéralement le passage.
—Laisse-moi passer ! lui criai-je.
Je voulais me diriger vers la porte d'entrée mais il m'acculait en m'insultant.
Je changeai donc de direction et me dirigeai à l'étage, feignant d'avoir oublié des vêtements dans la chambre. Je courus sur le balcon. Il me suivit et on se disputa violemment. Si violemment que les gendarmes, certainement alertés par des voisins, arrivèrent peu de temps après. Je dus faire une audition.

Chapitre 4 Un esprit vengeur

Malgré l'intervention des gendarmes ainsi que mon audition, Thomas insistait pour qu'on se réconciliât. Il prétendait toujours que j'étais la femme de sa vie. Au fond de moi, j'avais envie d'y croire car la réalité m'était insupportable. J'avais envie de croire qu'il n'avait rien fait de mal, qu'il avait seulement commis quelques erreurs, que c'était moi la rabat-joie.

À l'approche de Noël, je commençai à ressentir une grande tristesse. Peut-être qu'il sentit la brèche et s'y faufila. Lorsque nous nous voyions pour la passation des enfants, il était devenu si doux, si avenant. Il me disait désormais des choses si raisonnées. Il me félicita pour avoir été une bonne mère, se traita d'idiot pour avoir été trop absent. Il rajouta qu'il regrettait de ne pas m'avoir aidée avec les enfants. Il m'assura qu'il se rendait compte à présent, des efforts que j'avais fournis toutes ces années.

À Noël, j'étais déjà dans mon appartement. Il vint nous rendre visite. Nous passâmes un moment en famille, immortalisé en un énième cliché, qui aurait pu faire carte de vœux. Ces instants étaient particulièrement doux et agréables. Thomas était très tendre dans sa façon de s'adresser à moi ou aux enfants, et dans ses caresses. Il me mettait également sur un piédestal : tout ce dont j'avais besoin pour panser les blessures qu'il m'avait faites.

Je ne comprenais pas les rouages à l'époque. Aujourd'hui, je peux affirmer que je détestais le mal qu'il me faisait, mais que cela me faisait aimer davantage le peu de bien qu'il me donnait par la suite pour me « guérir ». C'est assez contradictoire mais un conditionnement s'est mis en place petit à petit. Plus je subissais le mal, moins il avait besoin de faire d'efforts pour m'apaiser, un peu comme s'il m'avait affamée pour ensuite me donner un quignon de pain. Autant dire que le quignon de pain, dans le contexte ainsi établi, arrivait comme un festin.

Le mécanisme ainsi enclenché, associé à mes rêves d'enfant et à mes carences affectives qui me limitaient, j'étais encore loin de briser mes chaînes. Je passai donc ce Noël enchaînée à mes pensées limitantes et à mon bourreau. Bourreau, non au sens strict, absolu. Bourreau relativement à cette relation destructrice qui était la nôtre.

Tel un caméléon, Thomas avait l'art de se mettre dans la peau de différents personnages. On aurait dit qu'il enfilait des costumes. Tantôt il se parait de la couronne d'un prince pour me séduire, tantôt il revêtait la cape de Zorro ou encore l'armure d'un valeureux chevalier pour voler à mon secours. Tel un prisme, ses différentes facettes s'effritaient pour n'en laisser dominer qu'une périodiquement. Je me retrouvais perdue dans cet imbroglio, prise entre le bourreau et le sauveur qui étaient en fait la même personne. Je me retrouvais à chaque fois coincée entre Charybde et Scylla. Il était difficile pour moi d'entrevoir la liberté car je n'avais pas encore appris à m'aimer. Charybde c'était rester dans le tourbillon de la violence et en perpétuer le cycle, en se rendant acteur de son malheur. Scylla c'était entrevoir un récif en ayant peur de s'y fracasser, se risquer au changement, à la solitude et craindre de se heurter à soi-même, car on ne s'aime pas !

Finalement, le tourbillon était plus puissant, et il me ramenait à chaque fois à ses côtés. Le poids des années me précipitait dans les abysses. Dix années s'étaient écoulées depuis notre rencontre.

Le magnétisme avait de nouveau opéré. Avant le jour de l'an, il m'assura qu'il avait rompu avec Myra et se transforma en prince charmant. Il me proposa de prendre mon temps pour réfléchir à notre couple. Alors, quand nous nous voyions, c'était en secret. Nous nous promenions comme un jeune couple. Ce fut l'occasion pour moi de porter les robes que je collectionnais, de me faire belle, de me sentir femme.

On prit l'habitude de se donner des rendez-vous. Par conséquent je ne passais jamais à l'improviste, sauf un soir, ce fameux soir.

Je garai la voiture dans son allée, notre ancienne allée. Je laissai les enfants dans la voiture car ils dormaient, en me disant que je n'en aurais pas pour longtemps. J'ignore ce qui m'a poussée à lui rendre visite ce soir-là, je n'avais pas réfléchi. Lorsque je pénétrai dans le séjour, un sac à main perlé posé sur le canapé attira mon attention. Découvrir un objet féminin étranger dans notre ancien « chez nous », me fit une curieuse sensation. J'avançai doucement vers la cuisine d'où j'entendais des éclats de rire. Mais les oreilles fines de Thomas furent sensibles à mes pas. Il vint à ma rencontre, suivi de près par Myra.

Ce fut un choc de la voir ici, « chez nous », marchant sur mes pas, humant mon odeur à travers les objets que j'avais laissés.

Elle était là, magnifique et sexy dans sa robe à sequins.

Mon cœur se mit à battre violemment. Tout se déroula très vite.

—Sale menteur, hypocrite ! criai-je à l'attention de Thomas.

—Viens, on discute Ève, dit Myra calmement.
Elle souriait bêtement et dérivait. Elle avait bu.
—Je ne te connais pas toi et reste en dehors de ça! répliquai-je, agacée.

Thomas semblait spectateur de la scène. Il n'eut aucune réaction. On aurait dit une pauvre bête sans défense. Je compris qu'il n'était pas dans son état normal lui non plus.

Folle de rage et emplie de souffrance, je lui donnai une claque afin qu'il réagît, qu'il m'expliquât pourquoi il se trouvait avec elle, alors que la veille il était avec moi et me disait qu'il m'aimait.

Myra se mit à le défendre : « Ne le touche pas espèce de folle! »

On commença à se crêper le chignon elle et moi. Elle avec sa mini robe et moi avec mon short et mes compensés. Deux idiotes, deux pions sur l'échiquier. Au bout d'un moment, je me raisonnai en me disant que les enfants étaient dans la voiture et que je devais rentrer.

Alors que je me dirigeais vers la voiture, elle me suivit et me provoqua. Quant à Thomas, je savais qu'il était là à nous observer mais je ne le voyais plus.

—Tu as peur hein ! Viens, je t'attends ! me dit Myra.
—Tu le veux, alors garde-le ! répliquai-je.
—Je le veux! s'exclama-t-elle d'un air languissant.

Je m'installai au volant de la voiture et lui fis un doigt d'honneur.

Elle se rua sur moi alors que j'avais déjà attaché ma ceinture. Elle attrapa mes cheveux et tira de toutes ses forces, si fort que j'avais la tête penchée et ressentis une douleur au niveau des cervicales. Je criai et tentai de me débattre, ce qui réveilla les enfants. Ils se mirent à hurler.

Soudain, je sentis qu'elle n'avait plus prise sur moi. Thomas avait retiré sa main, *mais au bout de combien de temps ?*

Alors que je démarrais la voiture, elle me montra la poignée de cheveux qu'elle avait arrachée de ma tête et en les jetant, elle me dit : « Ramasse tes cheveux bouffonne ! »

À cet instant, j'étais complètement détruite ! Mon intégrité avait été touchée de plein fouet. Cette scène d'apparence cocasse, fut particulièrement traumatisante.

J'étais tombée bien bas pour me battre avec la maîtresse de mon mari. *Moi l'épouse, la mère, qu'avais-je fait pour mériter cela ? Ou plutôt, qu'étais-je devenue ? Qui était cette femme amère et méchante qui m'habitait ? Qu'avais-je gagné en agissant de la sorte ? Au contraire, il me manquait des cheveux ! Et lui, Thomas, qu'avait-il fait pour éviter cela ?* Je me sentais piégée. Jamais je ne me serais trouvée dans une telle situation si Thomas et moi nous avions fait les choses correctement. Il aurait dû accepter la séparation et me laisser partir et moi j'aurais dû mettre mon orgueil de côté et ne pas chercher à rivaliser avec cette fille.

Arrivée dans ma résidence, ma voisine de palier, Estelle, me proposa de venir boire un verre chez elle. Elle avait organisé une petite fête pour son anniversaire. J'acceptai sans hésiter, j'avais besoin de me changer les idées et les enfants n'étaient pas prêts de se rendormir.

Je tentais tant bien que mal de me fondre dans la soirée. Je bus deux verres et commençai à discuter avec les femmes qui étaient présentes, mais mon esprit était ailleurs. Soudain, je vis débarquer Thomas qui connaissait très bien les voisins.

—Dimitri lui a proposé de se joindre à nous, j'espère que ça ne te dérange pas, me glissa Estelle à l'oreille.

—Non, non, dis-je malgré moi.

Les hommes buvaient sur la terrasse tandis que nous, les femmes, étions lovées dans le canapé avec nos flûtes de champagne. Au bout de quelques verres, je commençai à raconter ce qui venait de se passer à l'une des invitées, que je connaissais à peine.

Alors que je confiais mon désespoir à cette oreille attentive, Thomas fit irruption dans le séjour et se mit à me traiter de tous les noms. Je compris qu'il avait dépassé sa limite d'alcool. Dimitri intervint aussitôt pour me défendre. Estelle, agacée par la situation, me pria de rentrer chez moi.

C'est ce que je fis, ma petite dans les bras et mon fils agrippant ma main. Je me sentais coupable, coupable de l'échec de mon couple, coupable de me plaindre, coupable d'être la rabat-joie, coupable d'être la copine à fuir à tout prix !

Thomas me suivit jusqu'à chez moi. Je l'ignorai. Je m'étais complètement fermée. Je me dirigeai dans ma chambre avec les enfants pour les coucher. Je m'allongeai à côté d'eux, dos à Thomas. Ce dernier se rapprocha de moi, me donna une mornifle en me traitant de pute, puis s'en alla, certainement pour rejoindre Myra qui l'attendait.

Suite à cette soirée, j'ignorais Thomas. Je ne voulais plus lui parler, sauf si cela concernait les enfants.

Il insistait. Je ne répondais ni à ses appels, ni à ses nombreux messages, jusqu'à ce qu'il m'annonçât que Myra avait déposé une plainte contre moi. Il m'assura qu'il n'y était pour rien. Il me dit avec beaucoup de fierté que c'était évident que je l'aimais toujours, que dans le cas contraire je ne me serais pas battue pour lui. Il tenait à discuter avec moi pour *m'aider.* Je fus d'abord interloquée, puis je pensai à une plaisanterie. Finalement, je commençai à m'inquiéter. *Et si c'était vrai ?*

Angoissée, j'allai me réfugier chez ma mère avec mes deux enfants. Je lui confiai ma petite qui n'arrêtait pas de pleurer. Je n'avais aucune énergie pour m'en occuper. Cette histoire de plainte me fatiguait mais je ne voulais pas en parler à ma mère, je ne souhaitais pas l'inquiéter, mais surtout j'avais honte de la manière dont je m'étais comportée.

— Ève, cria ma mère au bout de quelques minutes. Ève !

On aurait dit qu'elle venait de découvrir un cadavre. Je me dirigeai nonchalamment dans la chambre où elle était en train de changer la couche de ma petite.

— Ève regarde ses fesses ! Ça ne va pas du tout, je comprends pourquoi elle pleurait ainsi la pauvre bichette. C'est un érythème. Tu dois la changer plus souvent et mettre du talc.

Je regardai mon bébé qui avait l'air soulagée d'avoir les fesses à l'air. Elle nous souriait. Je me rendis compte que j'étais complètement dépassée.

Ma sœur Linda arriva peu après et je me livrai à elle.

Elle commença à me faire la morale comme je le redoutais. Je savais qu'elle avait raison, mais je n'étais pas prête à l'entendre.

Je me sentais minable.

Chapitre 5 Fugueuse

Plusieurs jours passèrent mais je n'eus aucune nouvelle officielle de la soi-disant plainte. Toutefois, suivant les conseils de ma famille, je fis constater par le médecin les plages de cheveux que Myra m'avait arrachées, dans le but de me défendre au cas où.

Finalement, au bout de quelques semaines, je reçus un appel de la gendarmerie pour me convoquer à une audition. Cette histoire de plainte n'était pas une plaisanterie !

Lorsque Thomas vint déposer les enfants ce jour-là, nous nous disputâmes de façon très virulente. Lorsque j'évoquai la plainte, il répondit que c'était une idée de sa maman et de Myra mais que lui, il voulait me protéger.

—D'ailleurs, je t'ai défendue lors de mon audition. m'assura-t-il.

—Mais qu'est-ce que ta mère vient faire là-dedans? Elle n'était même pas présente ce soir-là.

—Je n'y suis pour rien, je t'assure. Tu connais maman, elle a trouvé une cruche pour …

—Laisse tomber, je ne veux plus rien entendre. Stop ! Rien à foutre de ta plainte, rien à foutre de ce que ta mère pense. Va-t-en et fiche-moi la paix!
—D'accord, je m'en vais, dit Thomas en se dirigeant vers sa voiture. De toute façon, quand tu iras faire ton audition, tu sauras que je n'y suis pour rien. Tu verras que je t'ai défendue.

Comment pouvait-il se dédouaner de la sorte ?
Je me mis à l'insulter, à crier ma colère. Je voulais juste être mère et être épaulée par le père de mes enfants. Je voulais juste une famille soudée.
Je rêvais d'une vie routinière : travailler, décorer ma maison, emmener mes enfants au parc, faire des crêpes, dîner et regarder une bonne émission, blottie dans les bras de mon mari. Au lieu de cela, je me retrouvai piégée au milieu d'un trinôme malsain, prise dans des histoires de gendarmerie.

Suite à ce déferlement de haine, je m'enfermai chez moi. Le lendemain, je trouvai une lettre manuscrite anonyme, sans enveloppe, glissée dans ma boîte aux lettres. Cette lettre m'était destinée. À en juger par l'écriture et le style, une femme l'avait certainement écrite, une femme d'une grande sagesse. Elle me disait que j'étais méchante, que mon cœur était noir, qu'elle prierait pour moi.

Après l'avoir lue, je jetai directement la lettre dans la poubelle. Regarder la vérité en face m'était insupportable. J'entretenais la haine et la violence. J'avais ma part de responsabilité dans toute cette histoire. Il fallait que j'y mette un terme une bonne fois pour toutes. *Mais comment ?*

Pendant mon audition, je fus navrée d'apprendre que la maîtresse de mon mari (nous n'étions pas encore divorcés) avait effectivement déposé une plainte contre moi et que ma belle-mère avait fait un faux témoignage en sa faveur. Mais heureusement, suite à ma version des faits, la plainte fut classée sans suite. Pour autant, je n'avais pas du tout l'intention de renouer avec Thomas. Au contraire, j'essayais de limiter les contacts, de couper court aux conversations.

Cependant, il arrivait parfois que je me réveille le matin et que je trouve le père de mes enfants, endormi dans le canapé. Il faisait la bringue pendant la nuit, puis venait s'écrouler littéralement chez moi.

Il lui suffisait de tirer un peu sur la baie vitrée du séjour qui ne se fermait pas correctement.

J'en parlai à la propriétaire qui me promit de s'occuper du problème. Au bout de quelques semaines, la porte n'était toujours pas réparée et Thomas faisait comme chez lui. Il débarquait à n'importe quelle heure. Il continuait de contrôler ma vie alors que moi je ne savais quasiment rien de la sienne. Il m'avoua que finalement il s'accommoderait à la séparation si je le laissais venir chez moi quand il le souhaitait. En quelque sorte, il n'aurait plus d'attaches mais moi je garderais mes chaînes. J'étais loin de mon rêve de famille unie et des belles promesses faites lors de notre mariage.

Mes nuits étaient agitées, j'avais mal dans la poitrine. Mon cœur oppressé semblait vouloir s'exprimer. C'est comme s'il pleurait à l'intérieur de moi. Je n'aurais jamais pensé avoir aussi mal un jour. D'épouse, j'étais pratiquement reléguée au rang de maîtresse. Toutefois, à aucun moment Thomas ne m'avait demandé mon avis. D'ailleurs, que voulais-je vraiment, que voulait mon cœur ?

Un matin, je décidai de fuir. J'expliquai la situation à ma famille. Pour la première fois le terme « harcèlement » fut prononcé. Je réfutai aussitôt ce mot. «Non je ne me sens pas harcelée, c'est juste que je dois partir pour recommencer ma vie à zéro.»

Partir, oui, mais où ? Je n'avais pas le droit d'éloigner les enfants de leur père. En revanche, je n'étais pas obligée de lui communiquer mon adresse si je déménageais.

C'est ainsi qu'en un week-end je déménageai en cachette et fixai un point de rendez-vous neutre pour la passation des enfants.

Cela dura quelques semaines, pendant lesquelles j'eus droit à des appels de ses proches qui me firent tour à tour son plaidoyer. Sa sœur m'assura que si je donnais une chance à son frère, j'aurais enfin l'homme parfait dont j'avais toujours rêvé. Un de ses amis me dit qu'il n'avait jamais vu Thomas aussi malheureux et me garantit qu'il m'aimait sincèrement.

Au bout de quelques semaines, Thomas se présenta devant chez moi. L'île étant petite, il n'eut aucun mal à trouver ma nouvelle adresse. Il voulait discuter sérieusement. Il avait l'air changé. Il était différent du Thomas beau parleur et arrogant de ces derniers mois. Il ne fit pas comme chez lui, il resta au portillon. Il prit son temps pour parler, il y eut un véritable échange.

Désormais, il m'appelait avant de passer, il se montrait courtois et ne rentrait pas chez moi. C'était une petite victoire pour moi, j'avais l'impression d'avoir repris en partie le contrôle de ma vie. Cependant, j'allais mal. J'étais tantôt apathique, tantôt mélancolique. Je me sentais vide sans lui. À chaque fois que Thomas venait me voir, j'espérais qu'il dît ou qu'il fît quelque chose pour me guérir. D'un côté, c'était plus facile pour moi de penser qu'il m'avait brisée et qu'il était donc le seul à pouvoir me réparer. De l'autre, il me faisait réellement de la peine.

En réalité, le vide que je ressentais remontait à mon enfance. Mais je l'ignorais à l'époque. Je l'ai compris bien plus tard. Lorsque je suis née, ce sont mes grands-parents qui se sont occupés de moi jusqu'à mes sept ans. À l'époque, ma mère était dépressive à cause du décès de mon grand frère. C'est seulement à la naissance de mon petit frère que la famille s'est en quelque sorte soudée. Le manque de ma mère pendant toutes ces années aura laissé un vide en moi que je cherchais à combler à tout prix. Carencée affectivement, je cherchais à être aimée et j'avais peur d'être abandonnée. Pire, j'avais peur d'être rejetée.

En *fuguant,* je croyais vouloir m'éloigner de Thomas. Mais finalement, en me retrouvant toute seule, c'est moi que j'ai voulu fuir. Je n'étais pas prête à me retrouver face à moi-même, face à ce que je représentais. Non seulement je me trouvais vide d'intérêt, mais je me sentais coupable de ne pas avoir été à la hauteur, de ne pas avoir pu guérir ma mère.

En retrouvant Thomas, je pensais colmater la brèche à l'intérieur de moi, ce trou noir et béant, ce vide qui m'empêchait d'être heureuse. De plus, je me déculpabilisais en essayant de le sauver, lui. Je ressentais ses souffrances, et même si j'étais en colère contre lui, j'avais plus de peine pour lui que pour moi. Il ne souffrait pas parce qu'il m'aimait, non ; tout comme moi, il avait des plaies ouvertes depuis l'enfance.

Derrière sa carrure d'athlète et ses muscles en béton, se cachait une personne bien complexe, mais surtout une personne très triste.

Pendant les sept mois où nous étions séparés, ni lui, ni moi ne nous sommes trouvés comme nous l'aurions dû. Nous nous sommes focalisés sur *avoir* au détriment d'*être*. Je cherchais, malgré moi, à retrouver l'homme qui me possédait pour me sentir exister, de la même manière que lui cherchait à me posséder, entre autres, pour exister. À aucun moment, ni lui, ni moi, ne nous sommes demandés qui nous étions vraiment.

Et puis, un soir ma fille est tombée de sa chaise haute. J'ai appelé Thomas à la rescousse. Il m'a rejointe à l'hôpital. Il m'a soutenue, comme pour mes accouchements d'ailleurs. Et oui, rien n'est tout noir. Sinon les choses auraient été plus simples. Plus de peur que de mal, mais une bosse bien apparente qui suffit à faire réagir mon ex-belle-mère. On me répéta qu'elle comptait s'en servir pour permettre à son fils d'avoir la garde des enfants. Comme s'il lui suffisait de dire que je maltraitais ma fille en s'appuyant sur une bosse. Tous les enfants tombent à un an !

Cependant, j'étais fatiguée de la situation. Une fois de plus, Thomas revêtit la cape du héros et raisonna sa mère.

Suite à cet épisode, nous nous sommes remis ensemble. Je me convainquais que c'était mieux pour nos enfants, sans penser un instant aux conséquences futures.

6 Dent blanc, cœur noir (hypocrite)

Sept mois de bonheur ont suivi les sept mois de séparation. Sept mois pendant lesquels j'étais traitée comme une reine. Sept mois où nous ressemblions enfin à une famille unie. Nous nous sommes éloignés de nos familles respectives pour nous recentrer sur notre petit cocon.

Et puis, au bout de sept mois, tout a basculé. Ce fut pour moi comme une descente aux enfers. Il a renoué avec Myra. Je suis tombée sur des messages mais il a nié après avoir tout effacé.

Je devais passer l'oral de mon CAPES en Métropole. La veille, Thomas me proposa de fêter mon départ, mais que nous quatre. Il mit de la musique et but de l'alcool. Vers vingt-trois heures il reçut un appel d'un numéro masqué. Je répondis mais me tus.

Elle parla en premier : «Allô, ça va?» Je reconnus sa voix, c'était Myra. Lorsque je dis «Allô» à mon tour, elle raccrocha. Je demandai aussitôt des explications à Thomas qui ne put m'en donner. Alors, je décidai d'écrire à Myra afin qu'elle m'expliquât ce qu'ils tramaient. Lorsqu'il comprit que j'étais réellement en train d'écrire un message, Thomas se jeta sur moi et là je n'ai rien compris. J'ai juste ressenti que ça faisait mal. Et oui, parce qu'une pluie de coups de poing au visage ça fait mal, moins que les mots, moins que les humiliations, mais oui ça fait mal !

Les enfants étaient présents mais je ne me souviens plus de leur réaction à ce moment-là. Je me rappelle l'instant d'après, quand le calme est revenu, quand je suis allée me doucher et que mon fils a pleuré en voyant mon visage tuméfié. Il avait six ans, sa sœur en avait deux.

Cette nuit-là, Thomas a été très tendre avec moi. Il m'a dit calmement que j'étais trop jalouse, qu'il n'avait jamais souhaité en arriver là mais que je l'avais poussé à bout. Myra avait disparu de notre conversation. Elle était bien présente dans ma tête et dans mon cœur noirci mais je n'osais plus rien dire à son sujet. Je me contentais d'accueillir les câlins de Thomas sans émotion particulière.

Le lendemain, la réalité me rattrapa. J'avais les deux yeux au beurre noir, alors que je devais prendre l'avion le soir et passer mes épreuves orales de CAPES trois jours plus tard.

Il était hors de question de passer à côté de cette occasion, c'était l'oral de ma vie. De son côté, Thomas était serein, comme si rien d'anormal ne s'était passé. Il savait que j'allais inéluctablement être vue par de nombreuses personnes. Je devais me rendre à l'aéroport, passer le contrôle d'identité sans mes lunettes, prendre l'avion, passer mes oraux (une nouvelle fois sans mes lunettes). À aucun moment il ne s'en inquiéta, ni influença ma décision. Peut-être était-il préférable que je disparaisse de notre environnement familier le temps que les ecchymoses s'estompent ? Après tout, je serais vue par des étrangers qui ne le connaissaient pas et qui m'oublieraient vite. Les proches, eux, ne verraient pas.

Alors, l'après-midi je me préparai, je mis plusieurs couches d'anti-cernes et de fond de teint, et aussi du fard à paupières. J'étais maquillée à outrance.

Les gens se questionneraient certainement. Mais mieux valait laisser planer un doute sur un possible mauvais goût de ma part, que montrer ostensiblement aux gens que j'avais été battue.

Au contrôle de police, l'agent scruta successivement mon visage et mon passeport deux fois, avant d'esquisser un sourire qui me dérangea. S'il avait deviné, qu'y avait-il de si drôle ?

En revanche, le lendemain à Paris, quelqu'un m'aborda pour me demander un renseignement, mais lorsqu'il vit mon visage il se confondit en excuses. Je compris que mon maquillage s'était estompé.

En Métropole, je fus hébergée par ma meilleure amie. Lorsqu'elle me vit à la gare, elle sut, mais ne posa aucune question.

C'est seulement une fois chez elle, après avoir installé mes affaires et pris une bonne douche que je lui racontai. Elle ne s'insurgea pas, non. Elle fut parfaite. Elle me demanda ce que je souhaitais faire avant le début des épreuves : réviser ou me libérer l'esprit. Je lui répondis que je n'avais pas eu le temps de visiter Paris et que j'aimerais bien le faire le lendemain. Elle se lança comme défi de me faire visiter les lieux phares parisiens en une journée. Elle organisa minutieusement la journée. Ce fut une merveilleuse parenthèse qui aurait pu être gravée comme telle dans ma mémoire si les photos prises au pied de la tour Eiffel ne m'avaient pas ramenée à la réalité. Derrière mes lunettes solaires, des poches, ces fameuses poches...

Le soir, Thomas m'appela en visio. Il ne cessa de me culpabiliser. De sa voix la plus douce, il me répétait que je n'aurais jamais dû m'emporter, que si je n'avais pas été aussi jalouse, rien ne me serait arrivé.

À mon retour à la Réunion, encore un appel de Myra, nouvelle crise. J'appelai cette femme en présence de mon mari (nous n'étions toujours pas divorcés). Il était sobre et ne s'y opposa pas, à ma grande surprise. Sauf que Myra ne me laissa pas le temps de parler. Elle n'expliqua pas non plus les raisons de ses précédents appels. Elle se contenta de me dire avant de raccrocher: « Tu as pardonné à Thomas, alors arrête de lui faire des misères. »

Je croyais que j'allais devenir folle. J'avertis Thomas pour la énième fois de ma décision de partir. J'appelai sa mère, qui m'avait accusée sans scrupule de frapper ma fille, pour lui exposer la situation et lui demander cette fois son soutien.

Elle arriva en catastrophe pour me supplier, larmoyante, de ne pas éloigner mes enfants de leur mamie. Cette dramatisation de sa part me fit sortir de mes gonds.

—Mais en fait, je suis bête de t'avoir appelée. Tu dois te réjouir de la situation. Après tout, tu as quand même encouragé la maîtresse de ton fils à porter plainte contre la mère de ses enfants ! Eh bien, tu vois, elle est toujours dans notre vie, tu dois être contente ! lui dis-je, sans évoquer les coups que j'avais récemment reçus.

—Ne parle pas comme ça à maman ! s'interposa Thomas.

Soudain, ma belle-mère afficha un air dédaigneux et répliqua calmement :

—Je ne l'ai pas encouragée à porter plainte. Elle m'a appelée avec le téléphone de Thomas, juste

après votre dispute. Je lui ai juste dit que je n'avais rien contre elle personnellement, que je ne la connaissais pas, que c'était Thomas l'infidèle.
Je croyais être en plein cauchemar.
Quel revirement ! La mère de Thomas avait utilisé ce que je lui avais dit pour se donner une belle image devant Myra et me faire du mal.
—Quand Thomas et toi vous vous êtes réconciliés, elle m'a appelée pour me remercier.
—Remercier pour quoi ?
Elle ignora ma question.
—Myra m'a dit aussi que son père lui avait appris une chose: « De toujours aller au bout de ce qu'elle entreprendrait. »

C'en était trop. Je n'avais plus la force de lutter, d'exprimer le sentiment d'injustice qui venait une fois de plus de m'envahir. Je préférai à ce moment-là me taire.

Quelques jours plus tard, je reçus les résultats du concours : j'étais admise. Au lieu de me féliciter, Thomas me dit : «Tu vois, le jury a eu pitié de toi, c'est pour ça que tu l'as eu.»

7 Leurre

Ont commencé des mois de dépression où je me suis éteinte petit à petit. Je me concentrais de façon mécanique sur mon travail et sur mes enfants qui avaient besoin de moi.

Je ne cherchais plus trop à savoir ce qui se passait entre Myra et Thomas. Mes proches me disaient qu'ils ne comprenaient pas pourquoi j'acceptais cette situation mais ne me jugeaient pas.

J'avais beau répéter que le mot « accepter » n'était pas adapté mais je montrais l'inverse dans mon attitude.

J'avais cessé de faire des reproches à Thomas. Au contraire, je voulais lui plaire davantage, je voulais qu'il m'aimât. Je voulais qu'il me trouvât mieux que Myra. Il me semblait tellement important qu'il m'aimât! Surtout après toutes les violences. Il fallait plus que jamais qu'il me guérît, qu'il me donnât un peu d'estime de moi-même.

À cette époque, j'effectuais mon année de stage. Ma tutrice m'avait dit une chose intéressante sans connaître ma vie : «Comment veux-tu que les élèves te respectent, si tu ne te respectes pas toi-même?» Je ne comprenais pas...

Thomas n'aimait pas l'idée que je puisse avoir une tutrice. Je devais prendre du temps sur mon temps personnel pour assister à ses cours, nous avions des entretiens réguliers. Il avait du mal à suivre tout ce que je faisais, d'autant plus que je travaillais à l'autre bout de l'île. Un jour, il m'appela pendant la pause méridienne alors que j'étais en réunion avec l'équipe d'histoire-géographie et l'inspectrice. Je lui envoyai un message pour lui dire que je le rappellerais.

En rentrant à la maison ce soir-là, je le trouvai froid. Et pourtant, je faisais mon possible pour le satisfaire. Si le trajet entre le travail et la maison était d'une heure et quinze minutes, je faisais en sorte d'arriver en une heure et quinze minutes. S'il y avait de l'embouteillage, je prenais des photos pour le rassurer. *Le rassurer, oui mais de quoi ?* Rassurer son égo certainement. Ce soir-là donc, il était froid. Je reçus un appel de ma tutrice qui voulait éclaircir certains points concernant ma séance du lendemain. Nous restâmes plus de trente minutes au téléphone, au bout desquelles ce fut l'enfer.

Lorsque j'eus raccroché, Thomas me traita de tous les noms, j'étais une pute, une salope, une menteuse. Il était persuadé que le midi j'étais avec un amant. Si j'étais avec mon équipe et donc ma tutrice, pourquoi cette dernière m'aurait appelée le soir pour le travail. J'avais beau lui expliquer que la réunion n'avait rien à voir avec l'entretien téléphonique, il restait campé sur ses positions. Selon lui, pendant la pause méridienne nous avions eu suffisamment de temps pour parler travail, alors pourquoi se rappeler le soir ?

Il continua de m'insulter. Puis, il demanda aux enfants de l'accompagner pour acheter à manger. Il me reprocha aussi d'être cette épouse et cette mère indigne, égoïste, qui ne se souciait pas de sa famille, notamment du dîner après sa journée de travail. Je trouvais cela tellement injuste. Je me mis à crier, à lui dire que je n'étais pas une pute, qu'il n'avait pas à me traiter de la sorte. Il m'ignora. Je le suivis. Je le priai de m'écouter avant qu'il n'entrât dans la voiture. Je voulais qu'il écoutât mes explications, je voulais qu'il comprît que j'étais fatiguée, que j'avais besoin de son soutien. Mais au lieu de cela, il me donna un violent coup de pied au foie. J'eus la respiration coupée et tombai, je restai paralysée quelques secondes sans pouvoir prononcer un seul mot. Mon fils hurlait tandis que Thomas me soutenait jusqu'à la maison.

Par la suite, il justifia son geste en disant qu'il voulait simplement me calmer, que j'étais en train de crier comme une hystérique, et que je dérangeais les voisins.

Et puis, pendant quelques mois, ce fut l'accalmie dans notre couple. Thomas s'était recentré sur la petite famille que nous formions. Il était toujours autoritaire avec moi mais moins véhément. Depuis la titularisation, je gagnais mieux ma vie. Alors, nous fîmes plusieurs voyages en famille. Pendant cette période, je me suis dit qu'il y avait de l'espoir. Après tout, beaucoup d'années s'étaient écoulées depuis notre mariage, nous étions peut-être plus mûrs, plus à même de nous comprendre et de nous chérir.

Chapitre 8 Je meurs à petit feu

—Allô, j'essaie de te joindre depuis des heures. Tu rentres quand ? Il est déjà une heure du matin.
—J'avais laissé mon téléphone dans la voiture. Je rentre bientôt, je suis avec Willy, répondit Thomas. Effectivement, j'entendais des voix d'hommes.
—OK, à tout à l'heure. Bisous.
—À tout à l'heure.
Je ne raccrochai pas tout de suite. J'attendis qu'il le fît. Les voix masculines autour de lui se dissipèrent. J'entendis des bruits de pas, puis sa voix qui disait « c'est petit là-dedans » Il semblait se trouver désormais dans un espace cloisonné.
—Mais ça va, tu es confortable ? demanda une voix de femme au bout du téléphone.
—Oui ça va, lui répondit Thomas.
—On va chez moi ? reprit la voix de femme.
—Oui, j'ai toute la nuit, fit Thomas.
Puis, de nouveau Thomas s'adressa à moi. Il venait de se rendre compte qu'il avait oublié de raccrocher.

—Allô Ève, tu es toujours là ? demanda-t-il, fébrile.
—Oui, je vous ai entendus Myra et toi, répondis-je avant de raccrocher.
Il arriva à la maison quelques minutes plus tard.
—Qu'est-ce que tu as ? Pourquoi tu fais la gueule ? attaqua-t-il.
—Tu te fiches de moi ? m'indignai-je.
—Je n'ai rien à me reprocher.
—Arrête de me prendre pour une conne. Tu peux tout nier mais je sais ce que j'ai entendu.
—Tu cherches encore à faire des histoires.
—Non c'est fini.
Je décidai d'aller me coucher.
—Il faut qu'on parle, dit-il.

Je restai silencieuse, tout en me dirigeant jusqu'à la chambre. Je me glissai sous la couverture avec une impression de vertige. Pourtant, je n'avais rien bu. J'étais saoule de cette situation, saoule de cette vie qui n'était pas la mienne et dont j'étais juste une figurante. Saoule au point d'avoir perdu tout contrôle. En quelque sorte Thomas était mon alcool, ma drogue. Je me détestais tellement qu'il m'était plus facile de vivre châtiée, de m'oublier à travers lui. Le châtiment peut être expiatoire. Pendant mon enfance j'étais dans une position de coupable. Je me culpabilisais du malheur de ma famille, j'avais presque honte d'exister. Il était plus aisé pour moi, adulte, d'être dans la position de victime. D'une part, car c'était une façon d'expier les fautes que je me reprochais. D'autre part, car c'était plus facile de mettre son sort entre les mains de quelqu'un d'autre. Je me déresponsabilisais totalement, quitte à me faire malmener.

Soudain, Thomas fit irruption dans la chambre, un pistolet à la main, qu'il dirigea tantôt vers sa bouche et tantôt vers sa tempe. Il faisait les cent pas devant moi, en menaçant de se suicider. Je savais qu'il aimait la vie, qu'il ne ferait jamais une chose pareille. Toutefois, l'angoisse monta en moi. Je craignais qu'il ne se blessât ou encore que les enfants ne se réveillassent. Ce spectacle pourrait les traumatiser. Je tentai alors de le calmer. Je le flattai en lui disant que je l'aimais et lui demandai posément de ranger son arme. Il continua de faire des va-et-vient dans la chambre en agitant le pistolet, mon stress ne faisait qu'augmenter. Je le pris dans mes bras en tentant de le raisonner. Il me repoussa. Finalement, au bout de plusieurs minutes, fatigué, il s'assit sur le bord du lit, posa son arme. Il se prit la tête entre les mains. J'en profitai pour ranger l'arme.

Quand je rentrai dans la chambre, je le trouvai endormi. Le lendemain, il se moqua de moi en me disant que l'arme était fausse. Il avait réussi à faire diversion.

Le temps passait, les années surtout, je m'étais annihilée en réprimant mes émotions.

Je n'existais plus en tant que personne mais comme instrument. J'étais au service de mon mari, de mes enfants et de mon travail... Ce fut une mort lente.

Chapitre 9 Contrôleur plus que jamais

Il le fallait, il fallait que je touche le fond pour regagner la surface.

J'obtins un poste fixe près de la maison: le luxe! Plus de longs trajets à faire, plus d'embouteillages, fini l'endormissement sur la route des Tamarins. Fini le rush ! Mais beaucoup plus de contrôle de la part de Thomas !

Dès ma première année au collège de l'Étang-Salé, Thomas commença à inspecter mes tenues pour le travail. Il avait déjà l'habitude de choisir ce que je portais lorsque nous sortions ensemble. Pour avoir le droit de m'afficher avec lui, je devais porter des tenues sexy, il adorait les robes courtes et moulantes. Pour le travail, il décréta que je ne porterais plus de jupes ni de robes, mais il toléra celles qu'il jugeait mémérisantes, les robes «bohèmes». Heureusement, ces dernières étaient mes préférées. Il tenait à voir comment j'étais habillée avant que je ne me rende au boulot. Il arrivait parfois qu'il me demande de me changer, jugeant un haut trop décolleté ou un jeans trop moulant.

Puis, se posa le problème des conseils de classe et de façon générale, des réunions en dehors de mes heures de cours.

Il me disait que je pouvais mentir et profiter de ce temps-là pour voir « mon amant ». J'avais beau lui montrer les mails officiels et les plannings, il disait que j'étais assez intelligente pour faire de faux documents. Alors, avant les réunions, il me répétait que j'étais une menteuse et qu'il n'avait pas confiance en moi. Pendant que j'étais en réunion, il m'assommait d'appels et de textos, il me demandait de prendre des photos de mes collègues comme preuves. Quand je rentrais, il me traitait de pute et de salope.

C'était invivable, si bien qu'à force, j'attendais le dernier moment pour lui annoncer que j'avais une réunion. Au moins, il n'avait pas le temps *d'entrer dans ma tête* avant.

Mais un soir, il alla plus loin. Il était dix-neuf heures, je sortais d'une rencontre parents-professeurs. J'appelai ma belle-mère pour récupérer les enfants. Elle me répondit qu'ils étaient avec leur père depuis un moment.

J'appelai donc Thomas mais il ne répondit pas. Au bout de plusieurs tentatives, je finis par l'avoir au bout du fil. Au son de sa voix, je compris qu'il avait bu. Il me dit que comme sa femme (moi) était une pute, il n'allait certainement pas l'attendre, qu'il avait pris ses enfants et qu'ils étaient au restaurant à Saint-Pierre. J'étais punie. Parce que j'avais fait mon travail, parce que j'avais participé à une réunion parents-professeurs, mon mari s'était vengé. Il avait consommé de l'alcool et avait fait le trajet Étang-Salé - Saint-Pierre avec nos enfants dans la voiture.

Je me rendis chez sa mère qui habitait à quelques mètres. J'espérais une nouvelle fois obtenir son soutien. Elle s'offusqua de l'attitude de son fils. Elle me proposa à manger.

—Tu dois être fatiguée et tu dois avoir faim. Mange un peu.

—Je n'ai pas faim. J'ai juste envie que Thomas rentre avec les enfants. Il ne répond plus au téléphone.

—Il n'a pas à se comporter de la sorte. Tu étais en train de travailler, il doit te soutenir.

Son apparente empathie me toucha. Thomas m'appela peu de temps après pour m'avertir qu'il était à la maison. Je m'empressai de rentrer pour retrouver les enfants. Ils allaient bien, ils avaient bien mangé et avaient trouvé « cool la petite virée en voiture ». Ils n'avaient pas conscience du danger heureusement, car visiblement Thomas n'avait pas dessoûlé. Je remerciai le ciel qu'il ne leur fût rien arrivé.

J'eus droit aux reproches et aux insultes habituels. J'étais exténuée. J'avais envie de lui dire de la fermer mais je pris sur moi. Je demandai aux enfants d'aller au lit, puis je pris une douche pour me calmer. Je l'entendais qui continuait à vociférer des injures.

Après la douche, j'allai directement me coucher. Il n'avait pas sommeil, il me suivit jusqu'à notre chambre et les insultes reprirent de plus belle. Au bout d'un moment, je décidai d'aller dormir dans la chambre de ma fille.

—Tu fais quoi là ? me demanda-t-il énervé, en me voyant me lever avec mon oreiller dans les mains.

Je ne répondis rien. Il me suivit jusqu'à la chambre de notre fille. Il me laissa m'allonger à côté de son petit corps endormi avant de donner des coups de pied dans le lit. Le lit se cassa et ma fille se réveilla en sursaut. *Quelle idiote j'étais !* Elle assista au reste de la dispute qui prit fin uniquement quand Thomas s'écroula de fatigue.

Thomas avait réussi à installer un tel climat de tension, que désormais je lui obéissais pour obtenir une certaine tranquillité d'esprit.

Il avait des sautes d'humeur. Il pouvait passer d'un état euphorique à un mal-être profond en l'espace de quelques heures. Durant les phases d'euphorie, il était souvent absent. Mais lorsque ça n'allait pas, j'étais le mur des lamentations. Je faisais ce qu'il me demandait pour ne pas le contrarier davantage, quitte à augmenter ma charge mentale : il me déléguait un certain nombre de tâches, comme récupérer du matériel pour son travail, envoyer des mails, gérer ses papiers d'entreprise. En plus de cela, j'étais seule à m'occuper des enfants.

Nous avions un vieux congélateur dans lequel nous conservions des carcasses de poulet pour notre chien. Un jour, il trouva le congélateur débranché, la nourriture pourrie à l'intérieur. Il m'accusa. J'étais sûre de moi, je n'avais rien débranché du tout. Il persista dans ses accusations et me demanda de tout jeter dans la ravine à l'arrière de la maison. Je ne comprenais pas pourquoi c'était moi qui devais m'en charger toute seule.

Le lendemain matin, il revint à la charge.
—Les mouches commencent à se poser sur le congélateur. Si ça continue, l'odeur va alerter les voisins. Dépêche-toi de le vider !
—Tu peux m'aider au moins ?
—Tu rigoles ! C'est dégoûtant. Si tu n'avais pas débranché le congélateur, on n'en serait pas là.

—Je te dis que ce n'est pas moi! C'est peut-être un de tes amis qui l'a débranché par erreur en voulant utiliser la rallonge.

Un peu plus tard, je sortis un sac du congélateur pour le jeter. Il était extrêmement lourd. Je le traînais jusqu'à l'arrière de la maison. Mais lorsque j'arrivai près de la ravine, je me rendis compte que ça allait être plus compliqué que prévu. Après maints efforts, je réussis à soulever et à jeter le sac.

Le soir, j'en parlai à Thomas, je lui expliquai que les sacs étaient trop lourds, que je n'y arriverais pas toute seule. Il s'énerva, me traita d'idiote, d'incapable et de paresseuse. Je pris un sac et me dirigeai avec difficulté jusqu'à la ravine. Je pensai qu'en me voyant à l'œuvre, il m'aiderait. Au contraire, il me suivit et me regarda faire en me pressant. Lorsque je soulevai l'un des sacs pour le jeter dans la ravine, le sang coula sur mon visage. Il rigola en s'exclamant «Beurk !». Je jetai un à un tous les sacs toute seule, sous sa surveillance.

Chapitre 10 Dépression et Grandeur

J'étais mal, j'avais mal. Le mal m'habitait, ou plutôt, nous ne faisions qu'un seul corps. J'étais submergée par la haine et la rancune. Je ne supportais plus de voir du monde. J'enviais ceux qui avaient l'air de réussir leur vie et je fuyais ceux qui, comme moi, étaient en échec. Cette période de désamour m'apporta une suite de petits échecs. À vrai dire, à cette époque rien ne fonctionnait comme je l'aurais souhaité. Et pour cause : j'avais cessé d'Aimer. Je ne voyais plus l'eau limpide mais uniquement la boue. Le soleil était nuit, les fleurs étaient sécheresse, le ciel était orage. J'étais en marge de la vie. Je devais vaincre ce mal avec qui je cohabitais.

J'ai donc appris à le connaître et à l'apprivoiser : la dépression. Lorsque j'ai pris conscience que je n'allais pas bien, j'ai voulu comprendre. Je me suis mise à coucher mes émotions sur le papier. J'ai voulu savoir d'où ce mal venait. Certes, j'étais malheureuse dans mon couple, mais pourquoi en étions-nous arrivés là ? Pourquoi avoir participé à cette machine destructrice ?

Je devais enterrer une partie de moi, cette petite fille qui se croit responsable du malheur des autres et qui veut sauver tout le monde. Quelle prétention de vouloir sauver tout le monde alors qu'on n'arrive pas à se sauver soi-même ! Je devais aussi me dissocier de mon mari qui était un être à part entière. Il avait ses blessures, j'avais les miennes. Je ne devais pas non plus dépendre de lui par peur de me sentir abandonnée.

Ma souffrance et l'impression d'être incomprise m'amenèrent tout naturellement à puiser en moi la force de rebondir. J'étais malheureuse mais je voulais me battre pour vivre, quitte à me battre contre moi-même.

Je commençai donc à me détacher de Thomas et à me recentrer sur moi. J'appris à me connaître, à connaître ce qui me stimulait et ce que je détestais. Je ne me sentais plus obligée de me conformer aux attentes de Thomas. Je ne cherchais plus son amour, sa reconnaissance.

Je crois qu'il a senti que je préparais mon envol. Quand il me voyait écrire des poèmes ou peindre, il me reprochait de ne pas m'occuper suffisamment de lui.

Je commençai à créer des liens avec des collègues, à me faire des amis. Il ne voulait pas entendre parler de mon travail.

Arriva l'arbre de Noël du collège. J'étais excitée à l'idée de faire découvrir mon lieu de travail à mes enfants. Je voulais qu'ils soient fiers de moi. Thomas m'interdit d'y aller.

J'y allai quand même. J'y emmenai les enfants. Pour ne pas trop le contrarier, nous ne restâmes pas longtemps.

Le soir, il me fit la tête. Je le flattai un peu, mais moins qu'auparavant. Le lendemain, il me parla normalement, comme si rien ne s'était passé. En fin de journée nous nous installâmes devant une série, je le massai. Nous étions calmes, trop calmes. Soudain, vers dix-huit heures, il me dit qu'il devait voir un client, qu'il ne tarderait pas.

—Les enfants, à table ! criai-je lorsque l'horloge afficha dix-neuf heures.

—Tu manges avec nous maman ? demanda mon fils.

—Non, j'attends papa. Mais vous, vous devez vous coucher tôt. Il y a école demain.

—Oh maman, demain c'est le dernier jour, on ne va pas travailler. On peut faire le sapin après avoir mangé ? S'il te plaît, s'il te plaît ! me supplia ma fille.

—On le fera samedi, on aura plus de temps.

—Mais maman, à trois ça va vite !
—D'accord, d'accord. Mais finissez de manger d'abord.

Pendant qu'ils prenaient leur dîner, j'assemblai le sapin et rassemblai les décorations. Après le brossage de dents, les enfants me rejoignirent dans le salon. Nous commençâmes à décorer l'arbre.

Soudain, Thomas fit irruption dans la maison, complètement ivre. L'horloge affichait désormais vingt heures quarante. Nous avions presque fini.

Il s'avança vers moi en me criant tout un tas d'insultes, m'accusant de le tromper, de l'humilier avec des hommes et d'avoir honte de lui. Les enfants déguerpirent en le voyant.

J'étais en train d'ajuster les dernières décorations. Il s'approcha de moi et me jeta un amas de reproches à l'oreille. Je l'ignorai. J'eus peur non pas pour moi, mais pour le sapin. Je m'en éloignai. Je pris le balai pour enlever la poussière et les brins du sapin qui s'étaient éparpillés sur le sol, toujours en l'ignorant. Il attrapa le balai qu'il jeta à l'autre bout de la pièce. Tout-à-coup, j'entendis la voix d'un de ses amis qui l'appelait. Je me dis que j'étais sauvée. Thomas accueillit son pote sur la terrasse. Ils discutèrent un long moment pendant lequel je me sentais sereine. J'entendais mon mari dire que toutes les femmes, sauf sa mère, étaient des «salopes», mais je ne réagis pas. Après tout, si cela le soulageait d'exprimer sa colère à son ami. Sauf que ce dernier ne resta pas longtemps. Très vite, je me retrouvai de nouveau face à Thomas. Les insultes montèrent en crescendo. Cette fois, je lui dis tranquillement qu'il était préférable que j'aille chez sa mère le temps qu'il se calme. Il ne m'entendait pas, on aurait dit qu'il se parlait à lui-même. Il répétait que j'étais une salope et cassait les objets qui se trouvaient sur son passage.

—Les enfants, on va chez mamie, dépêchez-vous !
—Tu ne sors pas de là !
—Si, j'y vais. Je ne vais pas rester là sans rien faire à supporter tes insultes. Je ne vais pas attendre que tu te fatigues.

Il nous suivit jusqu'au portail et m'y bloqua l'accès.
—Je t'ai dit que tu n'iras nulle part, rugit-il.
—On ne sera pas loin. On va chez ta mère un moment, c'est tout.
—Arrête de mêler maman à nos histoires.
—Ça suffit, j'en ai marre, je n'en peux plus. Tu comprends ça ? m'emportai-je.
—Ève reste, me supplia-t-il d'une voix qui s'était quelque peu radoucie.
—Je te connais. Si je rentre dans la maison, tu vas recommencer. Ça va être pire.

—Non, tu ne sais pas. Tu ne comprends rien. Je ne m'aime pas, je vous ai fait trop de mal, lâcha-t-il comme une bombe.
—J'en ai assez. Je ne suis pas là pour te guérir.
—T'as pas intérêt à franchir ce portail, ordonna-t-il d'un ton de nouveau agressif.
—Tu ne vas tout de même pas me séquestrer! m'écriai-je.
Et là, il me donna un violent coup de tête qui me fit hurler de rage. Oui, de rage car je ne m'y attendais pas et que j'eus très mal. Aussitôt, je criai à mon fils d'appeler sa mamie. Thomas m'étreignit et me supplia de rentrer dans la maison.
—Désolé, ne fais pas de bruit, tu vas ramener les voisins.

Je sentis le goût du sang dans ma bouche. Je pensai que j'avais perdu une dent. Mais non, le sang coulait depuis mon arcade.

Nous rentrâmes à l'intérieur de la maison. J'entendais les pleurs de mon fils, de ma fille, je ne sais pas, je ne sais plus.

Je me dirigeai vers la salle de bain, je découvris mon visage ensanglanté. Mon arcade était ouverte et mon nez gonflé. Je m'apprêtais à fermer la porte de la salle de bain mais Thomas m'en empêcha.
—Pourquoi tu fermes la porte ?
—Je veux juste me laver.

—T'as pas besoin de fermer la porte.
—Sors, laisse-moi tranquille.
—Fallait pas me provoquer.

Je réussis à fermer la porte. Je pris une photo de mon visage. Je l'entendais qui continuait de crier. Puis j'entendis la voix de ses parents et décidai d'ouvrir la porte.

—Oh mon Dieu ! fit sa mère en me voyant.
—Thomas, je ne sais plus quoi te dire, intervint son père. Si vous continuez comme ça, il va y avoir un drame tôt ou tard.

Je leur racontai ce qui s'était passé. Thomas se défendait en disant que c'était de ma faute. À bout de nerfs, il brisa le miroir de la salle de bain avec son poing. Dépassé, son père sortit fumer une cigarette tandis que sa mère essayait de le calmer.

Soudain, son père rentra dans la maison, fébrile. Il nous annonça que les gendarmes étaient au portail.

La mère de Thomas m'accompagna à l'étage. Je n'avais pas eu le temps de me nettoyer le visage.

Nous entendions la conversation entre Thomas et les gendarmes. Quelques minutes plus tôt, il était enragé, impossible de le calmer. Mais la présence des gendarmes l'avait transformé. J'entendais que sa voix s'était radoucie et qu'il parlait posément. Il leur expliqua que c'était une simple dispute de couple. Les gendarmes lui demandèrent si c'était récurrent. Il répondit que non. Il rajouta que parfois le ton montait car nous avions tous les deux un fort caractère.

« Dans ce genre de situation, il est préférable que chacun aille de son côté le temps que les choses se calment. » conseillèrent-ils.

Ensuite, ils demandèrent à me voir. Sa mère m'ordonna de ne surtout pas mêler les gendarmes à nos histoires. Je lui demandai de descendre à ma place pour leur dire que j'étais fatiguée.

J'entendis que les gendarmes insistaient. Du haut de l'escalier, je criai sur un ton agacé que je ne descendrais pas car j'étais fatiguée, que je n'avais pas besoin d'eux.

La gendarme souligna, qu'effectivement, j'avais du caractère. Une fois les gendarmes partis, la mère de Thomas recolla mon arcade. Pendant qu'elle me soignait, Thomas geignait : « Maman, elle a ramené les flics pour moi. Maman, elle a ramené les flics. »

Le lendemain, à cause de ma blessure au visage, je ne pus aller travailler. Nous décidâmes de garder les enfants à la maison. Il fallait que je justifie mon absence mais Thomas préférait que personne ne me vît. Alors, pendant que j'attendais dans la voiture, il demanda au médecin une attestation de garde d'enfant pour moi.

Partie III Guérison

Chapitre 1 Aveugle

« Je ferai marcher les aveugles sur un chemin qu'ils ne connaissent pas, Je les conduirai par des sentiers qu'ils ignorent; Je changerai devant eux les ténèbres en lumière, Et les endroits tortueux en plaine: Voilà ce que je ferai, et je ne les abandonnerai point. » Ésaïe 42:16

Une énième fois je suis partie. Je suis retournée vivre chez ma mère avec mes enfants. Le cycle ne faisait que se répéter. Je me sentais prisonnière de cette spirale et j'avais peur. J'avais peur « que Thomas ne me rattrape », ou plutôt, j'avais peur de lui permettre cela.

Lorsque j'étais enfant, je faisais un rêve récurrent. Ou plutôt un cauchemar : un étranger me courait après. Je courais vite pour tenter de lui échapper. J'allais me cacher dans ma maison. Mais l'étranger me retrouvait toujours et je me réveillais en sursaut.

Comme toujours, Thomas et moi étions séparés physiquement mais psychologiquement quelque chose d'inexplicable me reliait à lui. Ce qu'il pouvait me dire, même au téléphone, avait une incidence sur mon humeur et ma façon de me comporter. Je tentais de l'ignorer mais il était omniprésent.

J'organisai un goûter pour l'anniversaire de mon fils. Quelques mamans restèrent pour m'aider à garder les enfants.

Nous commençâmes par parler des enfants, puis de la pluie et du beau temps, avant d'arriver à ce qui nous préoccupait réellement : nos carrières et nos amours.

Chacune d'entre nous avait traversé des épreuves dans son couple. Tandis que je restais discrète sur ma vie, les autres se livraient : ennui, infidélité, burn out.

Elles avaient un point commun, elles s'étaient perdues à un moment de leur vie. Elles n'ont pu sauver leur couple qu'en se retrouvant elles-mêmes. Certaines avaient oublié leurs rêves, d'autres leurs qualités ou ce qu'elles aimaient tout simplement. L'une des filles posa une question très intéressante:

—C'est quoi l'Amour pour vous les filles ?

—Quand on aime, on est solidaires, dit l'une des mamans.

—Aimer, c'est voir réfléchir le meilleur de chacun dans les yeux de l'autre. Et se compléter !

—Aimer, c'est avant tout se respecter. Et toi Ève, c'est quoi aimer pour toi ?

Elles avaient toutes une belle définition de l'amour, qu'on aurait cru tirée d'un conte de fée, ou d'un roman à l'eau de rose.

Je bafouillais avant de répondre :
—Est-ce que l'Amour existe vraiment ? Ou est-ce juste une illusion, un moyen de se fuir soi-même, en s'abandonnant à l'autre ?

Fanny, celle qui m'avait interrogée, me regarda avec des yeux effarés.

Quelques jours plus tard, elle m'invita à boire un verre chez elle. C'était une femme très solaire.
—Vin ou café ?
—Un café, ce sera très bien, merci.
—Je vais aller droit au but, dit-elle tandis qu'elle me servait une tasse de café. Qu'est-ce qui fait que t'es éteinte comme ça ?
—Euh, comment ça ? répondis-je, gênée.
—T'es une belle femme, mais tu es d'une noirceur, tu es tellement sombre …
Voyant que mon visage s'assombrissait davantage, elle sourit.
—Ne te vexe surtout pas à cause de ma franchise. Je cherche simplement à comprendre.
—On me dit souvent que j'ai l'air triste ou fatigué. C'est sans doute à cause de mes cernes. Elles sont naturelles chez moi, impossible de m'en débarrasser, répondis-je en attrapant un cookie.

—Et c'est quoi cette idée que l'amour n'existerait pas, que ce ne serait qu'une, comment tu disais déjà ? Ah oui, une illusion ?
—Oh tu sais, j'ai dit ça comme ça. Je n'avais jamais réfléchi à la question.
—Mais comment te sens-tu dans ton couple ? Dis-moi si mes questions te dérangent.
—Non, pas du tout. Je suis séparée depuis peu.
—Ah, je comprends mieux. Tu es dans la phase de colère contre ton ex certainement. Tu as enfoui tous les moments merveilleux que vous avez passés ensemble et tu as oublié pourquoi vous êtes tombés amoureux.
—Je sais pourquoi je suis tombée amoureuse. Il était si charmant. Il y a eu de bons moments, des moments où j'ai ressenti des choses très fortes, des moments où j'étais ivre. D'ailleurs, j'en veux à mon cœur qui m'a beaucoup trompée. L'envers du décor s'apparente plus à une histoire malheureuse. Ou peut-être que j'ai longtemps cru écouter mon cœur mais que ce n'était pas lui qui parlait. En réalité, je ne me suis pas reconnue dans vos descriptions de l'Amour. Nous n'étions ni solidaires, ni complémentaires. Je ne voyais pas non plus la meilleure partie de moi-même quand on se regardait dans les yeux.
—Et vous êtes restés ensemble combien de temps?
—Dix-sept ans.

Fanny but de travers son verre de vin.
—Mais alors, comment vous êtes restés si longtemps ensemble ?
—Nous nous sommes mariés, nous avons eu nos enfants, nous avons construit notre vie ensemble.
—Et tu étais aveugle tout ce temps ?

Je compris plus tard que j'étais l'aveugle qui avais peur de s'aventurer sur un chemin inconnu. Je craignais de prendre une voie différente des schémas auxquels j'étais habituée.

Dieu avait mis ces femmes sur ma route pour me sortir des ténèbres et me permettre d'entrevoir d'autres horizons.

Je compris autre chose, dans mon rêve je fuyais à chaque fois, puis j'allais me cacher dans la maison. Mais à aucun moment je n'ai fermé la porte de ma maison. De la même manière, j'avais laissé Thomas pénétrer mon esprit.

Chapitre 2 Compteur à zéro

« Ton frère que voici était mort et il est revenu à la vie, il était perdu et il est retrouvé. » Luc 15 :32

J'eus la désagréable surprise de découvrir que nous étions criblés de dettes. Finie l'époque des voyages et des belles voitures. Finis les restos plusieurs fois par mois. Fini aussi le tour des hôtels de l'île. Terminées les jolies robes. Ce fut un retour aux sources pour moi. Un retour à la réalité. Pendant des années, Thomas et moi avions tenté de compenser un manque d'amour par des choses matérielles. L'argent n'était pas vraiment un souci pendant cette période. Mais que nous avait-il apporté de solide et de durable ?

Certes, dans la société actuelle, l'argent permet de manger, de payer son loyer, de payer des loisirs, l'argent est nécessaire et il est rassurant d'en posséder. Toutefois, j'avais pu expérimenter que l'argent ne se substituait pas à l'Amour. J'allais bientôt découvrir qu'en revanche, l'Amour était la solution universelle, la clé du bonheur.

À l'image du fils prodigue, je suis retournée vivre chez ma mère après avoir mené une vie confortable.

Je connus la frustration de ne plus avoir un euro sur mon compte bancaire à partir du dix du mois. Je connus la honte de me voir refuser un paiement de huit euros à la caisse d'un supermarché. Je connus également la gêne de devoir me justifier quand je recevais l'appel de mes créanciers.

Cependant, dépourvue de tout artifice, j'allais renaître. J'allais apprendre à composer avec le peu que j'avais.

Chez ma grand-mère, il y avait un manguier. Quand j'étais petite, je lui parlais. Je m'amusais à me balancer sur une de ses branches, puis à y grimper. Parfois, blottie contre son tronc, je m'endormais. Il y avait aussi un citronnier sur lequel je faisais « le cochon pendu ». Je ne m'ennuyais jamais. J'adorais aussi monter sur le toit de mamie et glisser sur le bananier pour atterrir dans son potager, chose qu'elle n'appréciait pas vraiment. Je pouvais passer des heures à jouer dans la cour parmi les poules, les coqs et mon petit chien coton. Je ne m'en rendais pas compte à l'époque car j'étais trop petite, mais j'étais connectée à la nature. Un rien me suffisait. En grandissant, j'ai aspiré à autre chose bien entendu.

Comme tous ceux de ma génération, je me suis perdue dans une société consumériste.

Mais j'allais bientôt m'ancrer, me reconnecter à la terre. J'avais cette chance d'avoir tout à portée de main. Il me suffisait de lever les yeux, pour voir se dessiner parmi les nuages les courbes de la montagne, ou de regarder un peu au loin, pour voir les maisons épouser la mer.

Pendant quelque temps, je n'avais plus de voiture. Je devais me rendre à pied au travail. Le premier jour, j'eus cette agréable surprise de sentir la fraîcheur du matin m'embaumer le visage et le vent caresser mes cheveux. J'ai vu, j'ai entendu, et surtout, j'ai Aimé ce qui m'entourait pendant que je marchais.

J'étais cette fille prodigue qui s'était perdue. J'étais en train de retrouver Dieu en prenant le chemin inverse.

Chapitre 3 Apeurée

Peut-être que Thomas sentait que je lui échappais. Je recevais une cinquantaine de vocaux en moins d'une heure. Dans la même phrase il m'insultait et me disait qu'il m'aimait. Je sentais qu'il perdait pied. Au bout d'un moment, je n'écoutais plus. Il fit également un scandale devant la maison de ma mère. Pour la protéger, je déménageai dans une petite maison malgré mes difficultés financières.

Pourtant, nos amis le croisaient souvent avec des femmes. Il sortait, il faisait la fête. Il continuait sa vie normalement, tout en s'accordant du temps pour me détruire. Je me suis demandée pourquoi. Pourquoi mettait-il autant d'énergie à me nuire ?

Pendant des années je m'étais accrochée à une image.

Ma dépendance envers Thomas le sécurisait, ma souffrance le nourrissait. Il connaissait mes failles: le désamour que je me portais ainsi que mon sentiment de culpabilité constant.

Autrefois, il aurait joué le gentleman. Il aurait activé le mode «séduction» pour me «récupérer» (et non reconquérir). Il aurait fait semblant de me donner de l'amour pour combler mes carences affectives. Il m'aurait fait culpabiliser en me donnant l'impression de souffrir par amour pour moi.

Mais l'histoire s'était trop répétée, si bien que son masque avait fini par s'effriter. De mon côté, ma dépression m'avait permis de mieux me connaître et de me recentrer sur moi-même. Alors, certainement il savait. Il savait tout comme moi que c'était la fin. Sans doute, vivait-il comme une humiliation le fait de voir ses failles narcissiques percées à jour ? Peut-être voulait-il se venger pour cette raison ?

Un jour, il me laissa un message vocal qui me laissa perplexe. Il disait calmement, sans chercher à se faire pardonner, qu'il avait « été créé pour faire le mal ». *Comment et pourquoi dire une chose pareille ? Comment justifier son existence de la sorte ? Moi qui m'étais éloignée de la religion, en voulant rompre avec une certaine vision manichéenne du monde. Comment admettre que le mal existe ? Comment admettre que les gens font du mal sciemment ?*

Et puis, il y eut cette vidéo sans bande son : un cimetière. *Que cherchait-il ?*

Je pris une décision radicale. Je décidai de porter plainte.

Je crois que mes crises d'angoisse ont commencé à partir de la vidéo. Une nuit, je me réveillai avec une horrible sensation d'étouffement et des palpitations. Instinctivement je me levai, ouvris la porte de la chambre pour pouvoir respirer et retournai me coucher.

Ce phénomène se produisit à plusieurs reprises. À chaque fois, je faisais le même geste : j'ouvrais la porte mécaniquement.

Je crois que le plus difficile pour moi était l'acceptation de la réalité. En prenant la décision de porter plainte, je me reconnaissais comme victime d'un comportement dysfonctionnel. Pour la première fois en dix-sept ans, j'acceptais de dire que notre relation n'avait jamais été fondée sur l'Amour. Au contraire, c'est bien un profond désamour qui nous avait unis. Je ne m'étais jamais acceptée, jamais respectée, ni aimée. Je suppose que lui non plus. Tandis qu'il était plus simple pour moi de m'effacer, de m'oublier à travers Thomas, lui m'instrumentalisait pour assouvir son besoin de briller.

Je devais à la fois admettre ma position de victime pour mettre fin à cette relation malsaine, et m'en détacher en reconnaissant mes failles, pour me reconstruire.

Alors oui, j'étais victime de comportements violents et humiliants, mais en quelque sorte j'avais permis cela.

Au bout de dix-sept ans d'illusions, cesser de chercher des excuses à l'autre, c'est admettre l'absence d'amour et reconnaître le mal.

Je n'étais pas au bout de mes peines. Un soir, en rentrant du travail, j'aperçus sur le toit de mon garage une bouteille de bière avec son goulot noirci. J'appelai mon frère afin qu'il récupérât la bouteille. À l'intérieur, il y avait du papier qui avait été enflammé. Pas de doute, quelqu'un avait essayé de mettre le feu à la maison. Quand cela s'était-il passé ? Je l'ignorais. Mais je m'empressai de le signaler aux gendarmes.

L'angoisse ne faisait que croître. Certains jours, c'était tellement insupportable que je souhaitais en finir.

On me recommanda les services d'une dame catholique qui pourrait, par ses prières, me soulager.

—Bonjour, qu'est-ce qui vous amène ? demanda la guérisseuse.

—Je suis très fatiguée en ce moment, me contentai-je de lui répondre.

Elle tourna autour de moi avec un pendule divinatoire. Mon cœur s'accéléra et je commençai à avoir très chaud. Elle me dit que j'avais un blocage au niveau de la gorge, signe que je n'exprimais pas mes émotions et que j'avais du mal à communiquer.

Au bout d'un moment, elle s'arrêta et me demanda :
—Veux-tu savoir ce qu'il y a derrière ton dos ?
—Hein ? Pardon, que dites-vous ?
—Tu veux savoir ce qu'il y a derrière toi ?
—Oui, répondis-je sans trop comprendre où elle voulait en venir.
—Un pendu.
—Comment ça un pendu ? Je ne comprends pas.
—Tu ne sais pas ce qu'est un pendu ?
L'image d'une personne pendue vint à mon esprit mais je me tus.
—Un pendu est accroché à ton cou. Il t'empêche d'avancer. Quelqu'un a fait de la sorcellerie sur la tombe d'un pendu pour que tu aies envie de faire la même chose.

Je ne réagis pas, mais la vision d'un cadavre accroché à mon cou m'horrifia. Je me dis seulement qu'elle avait raison pour les idées noires. Toutefois, beaucoup de personnes devaient en avoir de temps en temps.

Elle rajouta :
—Quand tu ouvres la porte la nuit, c'est pour laisser partir le pendu. Mais il revient toujours.

Puis, elle pria avant de me demander de faire un «Notre Père» et une dizaine de chapelet.

Chapitre 4 Seigneur

« Venez à moi, vous tous qui peinez sous le poids du fardeau, et moi, je vous procurerai le repos »
(Matthieu 11, 28)

Je ne saurais comment l'expliquer mais ma rencontre avec cette dame m'avait réellement soulagée. Grâce à elle, je m'étais beaucoup questionnée sur les idées de suicide qui m'avaient traversé l'esprit. En effet, pendant cette période, ce que je ressentais était assez étrange. Je pensais parfois qu'il serait plus simple d'en finir mais je voulais vivre et tourner la page sur mon passé. Par conséquent, je m'en voulais d'avoir de mauvaises pensées. J'avais peur de disparaître sans pouvoir saisir la chance de vivre cette fois intensément. Je craignais que plus rien ne m'anime au point que ma mission soit terminée sur cette Terre.

Dans ma famille, des femmes étaient mortes jeunes, d'accidents ou de maladies.

Elles avaient un point commun : elles avaient toutes été malheureuses en amour. Je me disais que peut-être elles s'étaient trop raccrochées à leur mari, et qu'une fois séparées, elles n'avaient pas pu donner un sens nouveau à leur vie et que Dieu les avait rappelées. C'est un peu comme ces personnes qui s'identifient à leur travail pendant des années, et qui meurent au moment de prendre leur retraite.

Je voulais me libérer des modèles que j'avais eus, me libérer de ma culpabilité à l'égard des autres. Je voulais aussi me libérer de mes peurs. Je voulais vivre et vivre libre.

Mais je sentais que je n'avais pas assez de force pour y arriver toute seule. Tout ce passé était trop lourd. J'allai donc à l'église déposer mon fardeau. Je n'y avais pas mis les pieds depuis le baptême de ma fille.

Arrivée face à la croix, je me mis à sangloter comme une petite fille. Je voulais être débarrassée de tous les sentiments négatifs qui m'avaient accompagnée toutes ces années : la colère, la frustration, la jalousie, la rancœur et surtout la peur.

Je n'avais peur de personne sauf de moi-même, de mes faiblesses, du démon qui était en moi.

Alors, naturellement j'implorai Dieu de me pardonner. De me pardonner mon manque d'amour envers moi, de me pardonner mon manque d'amour envers lui. De me pardonner mon manque d'amour envers Thomas, mon ressentiment. Je tenais absolument à demander Pardon à Dieu avant de lui demander de me libérer.

J'allumai une bougie et récitai les prières que je connaissais.

Ensuite, je pris une feuille et un stylo. J'écrivis une prière personnelle que je glissai dans la boîte prévue à cet effet. Dans cette prière, je demandai à Dieu de me libérer de l'emprise de Thomas.

Sincèrement, cette prière m'était venue du fond du cœur.

Mais avais-je vraiment la foi? Avais-je confiance?

Chapitre 5 Avec ferveur

« C'est pourquoi je vous dis : Tout ce que vous demanderez en priant, croyez que vous l'avez reçu, et vous le verrez s'accomplir. »
(Marc 11, 24)

Je me réveillai en sursaut, le cœur palpitant et la respiration saccadée. Je me dirigeai vers la porte de la chambre pour l'ouvrir avant de retourner me coucher. Cela faisait maintenant cinq mois que nous étions séparés, Thomas et moi. Mes crises d'angoisse étaient quasi quotidiennes.

Ce matin-là, je reçus un appel de la gendarmerie pour faire une contre-audition, suite à mon dépôt de plainte. J'étais dans tous mes états.

Pourquoi les gendarmes voulaient-ils à nouveau m'entendre ? Je leur avais déjà tout dit.

—Vous êtes-vous déjà scarifiée ? commença par me demander le gendarme.

Sa question me troubla. Je n'osais pas lui dire la vérité, j'avais terriblement honte. Je bafouillai avant de lui répondre.

—Non, dis-je tout d'abord.

Puis, je me rappelai ce que le gendarme m'avait dit avant ma première audition: « Ne dites rien de plus, rien de moins, soyez transparente. »
—Oui, une fois. Enfin, le terme « scarifier » me gêne. C'est vrai, j'ai pensé à me suicider. C'était avant d'avoir mes enfants. Mais le cutter ne coupait pas, c'est pour cela que j'ai plusieurs marques.
Je me levai et lui montrai mon poignet. Puis je répétai : « C'était avant mes enfants. »
—La sœur de votre mari a décrit votre relation comme électrique.
—C'est vrai.
—Elle a rapporté qu'à plusieurs reprises vous lui aviez demandé de vous accompagner pour suivre votre mari, car vous pensiez qu'il avait une maîtresse, mais qu'il n'en était rien.
—Pour la maîtresse, tout le quartier était au courant, répliquai-je agacée par ce mensonge. Et c'est faux, je ne lui ai jamais demandé de m'accompagner pour suivre mon mari.
—Elle affirme que vous pouviez vous montrer jalouse, paranoïaque et hystérique. Elle a rapporté que pendant un repas de famille vous aviez attrapé le cou de votre mari et que ce dernier ne s'est pas défendu. Elle dit qu'il vous aimait trop et qu'il ne pouvait rien faire.
Je sentais la colère et la tristesse m'envahir. Mais je devais rester forte et vivre cette audition

jusqu'au bout, c'était mon épreuve. Alors, je répondis calmement :
—Thomas n'est pas du genre à se laisser faire, surtout pas par une femme. En plus, dans sa famille j'étais en position de faiblesse.
—La sœur de votre mari affirme que vous êtes dépressive, que vous ne vous êtes jamais aimée et que vous avez eu un parcours chaotique.
Mon égo fut heurté. Soudain, je réagis :
—Ma vie de couple fut chaotique. Mais je n'ai pas de problème avec moi-même.
—Comment vous sentez-vous ?
—Je suis écœurée par le portrait qu'elle a dressé de moi alors qu'elle sait très bien ce qu'il me faisait subir. Je comprends qu'elle veuille défendre son frère mais de femme à femme...

Toute l'émotion que j'avais refoulée pendant l'audition, se traduisit par un torrent de larmes lorsque j'arrivai à ma voiture. Toutes ces questions avaient réveillé en moi mon sentiment de culpabilité : et si c'était moi le problème ? Non, non, j'avais maintenu un cercle vicieux mais j'appelais à l'aide pour y mettre un terme justement, car je n'y arrivais pas toute seule.

Et tous ces gens qui me jugeaient, ils n'avaient qu'à prendre ma place ! Je trouvais cela tellement injuste! J'étais en colère et je savais que je ne devais pas ressentir ce genre d'émotion.

Alors, je me dirigeai tout naturellement à l'église dans le but de me confesser.

C'est un prêtre au visage rubicond et à l'allure d'un luron qui m'accueillit avec son large sourire. Il vit certainement que j'étais à la fois anxieuse et crispée, car il vint vers moi pour me demander d'une voix rassurante ce qu'il pouvait faire pour moi.

—Mon père, pardonnez-moi parce que j'ai péché. J'ai envié, j'ai dit du mal de mon prochain, dis-je d'une traite avant qu'il ne m'interrompît.

—Attendez, prenez votre temps. Respirez !

—J'ai ressenti de la jalousie et sans doute aussi de l'orgueil, repris-je plus lentement. Il y avait beaucoup de violence entre mon mari et moi. J'ai ressenti de la colère, de la rancœur. Et pire, j'ai voulu me suicider.

—Est-ce là tout ?

—Euh...

—Je vous pose cette question pour savoir si je peux parler à présent.

—Oui c'est tout.

—Dieu met notre foi à l'épreuve mais il ne nous abandonne pas. La violence est derrière vous maintenant. Vous devez vous pardonner et pardonner à ceux qui vous ont fait du mal. Il ne

s'agit pas de vous réconcilier mais de vous débarrasser de tout sentiment négatif qui pourrait vous empêcher d'avancer. Vous avez des enfants ?
—Oui.
—Ils ont besoin de vous. Votre mari n'était peut-être pas la personne faite pour vous, cela arrive. Si vous y réfléchissez, vous vous apercevrez que Dieu vous a envoyé plein de signes. Et vous verrez qu'il vous a sauvée plein de fois. Vous pouvez guérir. Grâce à deux choses : l'Amour et la prière. Gardez Dieu dans votre cœur. Bien sûr, vous n'allez pas devenir religieuse. Demandez un homme digne de vous. J'ai une amie qui a écrit sur une feuille comment elle imaginait le mari idéal, et vous savez quoi ? me demanda-t-il en riant. Elle a eu ce qu'elle a demandé ! Vous savez, reprit-il avec un ton plus sérieux, je devais partir dans un autre diocèse. Finalement, cela ne s'est pas concrétisé et je ne comprenais pas pourquoi. Mais aujourd'hui, je comprends pourquoi je suis resté, Dieu a voulu que nous nous rencontrions.

J'ai senti de la sincérité et de la bienveillance chez ce prêtre. Il a accordé de l'importance à notre rencontre. Cela peut paraître stupide, mais toute ma vie j'ai eu l'impression d'être une sorte d'imposteur. Cet homme m'avait fait comprendre en quelques mots que ma vie avait de l'importance, que j'avais de l'importance, et surtout, que pendant toutes ces années je n'étais pas abandonnée, ni rejetée. C'est moi qui n'avais pas vu ou écouté les signes.

Après m'être confessée, j'ai prié, cette fois avec ferveur. J'ai demandé instamment ma liberté, puis j'ai allumé un cierge. Mon cœur était plus léger.

Chapitre 6 Un signe précurseur

« L'amour ne fait point de mal au prochain: l'amour est donc l'accomplissement de la loi. »
(Romains 13 : 8-10)

Même si j'avais beaucoup de mal à l'admettre, les marques de scarification resteraient des cicatrices à vie. Peut-être pour me rappeler que c'est ma vie que j'ai sacrifiée pendant cette sombre période. Eh oui, à l'image de ce pendu qui me suivait partout, j'ai renoncé à vivre *ma* vie. Ne me sentant pas légitime, je me suis effacée. Mais désormais, je devais prendre ma place et exister.

La veille de l'audience, je n'arrivais pas à dormir. Je n'arrêtais pas de me retourner dans mon lit. Lorsque je trouvai enfin le sommeil, je fis un songe doux, un songe qui me fit beaucoup de bien.

Je pris Thomas dans mes bras, nous nous étreignîmes un moment et je lui dis doucement: «C'est fini.» Cela signifiait pour moi «Je pardonne tout, je suis libre maintenant, merci.» Il semblait acquiescer. Puis nous nous séparâmes.

Ce rêve me fit beaucoup de bien et à la fois beaucoup de mal. Il a sonné le début d'un deuil, le deuil de dix-sept années de relation mais aussi le deuil d'une illusion. C'était fini, je ne croirais plus jamais en la sincérité de notre amour. Pire, je devais aussi accepter que le fruit de mon rêve, ce souhait d'une séparation pacifique, n'était pas partagé.

J'aurais tant voulu qu'on se séparât autrement, qu'on se dît merci pour le bon et pardon pour le mauvais. J'aurais voulu qu'il admît tout le mal et qu'il me dît : « Oui, tu as raison, c'est mieux ainsi. »

Dire que je le déteste, non. Dire que je lui en veux, non. Je lui pardonne, je me pardonne, je nous pardonne.

On dit que Dieu communique avec nous en songe. J'avais donc confiance. Mon rêve annonçait que chacun ferait bientôt sa vie de son côté.

Chapitre 7 Pauvres pécheurs

« *Alors le serpent dit à la femme: Vous ne mourrez point; mais Dieu sait que, le jour où vous en mangerez, vos yeux s'ouvriront, et que vous serez comme des dieux, connaissant le bien et le mal. La femme vit que l'arbre était bon à manger et agréable à la vue, et qu'il était précieux pour ouvrir l'intelligence; elle prit de son fruit, et en mangea; elle en donna aussi à son mari, qui était auprès d'elle, et il en mangea. Les yeux de l'un et de l'autre s'ouvrirent, ils connurent qu'ils étaient nus, et ayant cousu des feuilles de figuier, ils s'en firent des ceintures.* » *La Genèse*

La plaidoirie de Thomas reposait sur un triste constat: trop d'affiches placardées dans le tribunal, témoignant de violences faites aux femmes, trop de femmes susceptibles de crier au loup sans raison, et trop de crédit accordé à leurs témoignages. Autrement dit, toujours d'après sa plaidoirie, c'était pain bénit pour moi, vu le contexte.

Faux ! Qui aurait envie de se donner en spectacle ainsi ? J'avais l'impression de jouer dans une pièce de théâtre, entourée d'acteurs qui connaissaient par cœur leur rôle. Sauf que mon rôle à moi, c'était celui de ma véritable vie et j'avais honte. J'avais honte et j'étais épuisée par toute cette procédure.

J'ai donc demandé à Dieu de me permettre de rester impassible et il m'a entendue.

Quant au nombre de femmes victimes, ce n'est pas moi qui ai placardé les affiches. Était-ce vraiment le nombre d'affiches le problème, ou ce qu'il révélait? Il y avait une faille dans notre société.

La violence se perpétuait parce qu'elle était ancrée, peut-être de façon transgénérationnelle, peut-être à cause de l'éducation ou de dogmes mal interprétés.

Dans la *Genèse*, on attribue à Ève la responsabilité du malheur du monde. On a tendance à ne voir que le bannissement du jardin d'Éden, la chute brutale de l'homme entraîné par sa femme, et la punition de cette dernière qui doit se soumettre à son mari et enfanter dans la douleur.

Pourtant, au-delà du péché charnel, c'est un désir de liberté et de connaissance qui a poussé Ève à agir.

Ève a trahi la confiance de Dieu mais au moment où elle a accepté la pomme, elle ne connaissait pas les notions de Bien et de Mal. Donc, elle n'a pas péché intentionnellement. Par ailleurs, Adam n'a rien fait pour l'en empêcher.

Après avoir mangé le fruit défendu, ils ont accédé à la connaissance du bien et du mal. Ils ont donc perdu leur innocence pour découvrir le péché, la honte, la culpabilité ou encore la peur.

C'est un peu le parcours que répète chaque être humain lors du passage de l'enfance à la vie adulte. Dans le mythe, on constate que l'homme suit la femme aveuglément.

Il ne cherche ni à comprendre, ni à la dissuader. On voit qu'Adam est inéluctablement lié à sa femme, qu'il y a presqu'un rapport de dépendance.

D'ailleurs, au commencement, Adam était un être entier et unique. Une de ses côtes lui est retirée lorsqu'il demande à Dieu de créer Ève pour l'accompagner. On pourrait imaginer qu'Ève se substitue à la partie féminine d'Adam, devenant un être à part entière : la femme.

Dans notre société, le mari fait beaucoup de projections sur son épouse. Un homme violent envers sa femme, ne considère pas cette dernière comme un être à part entière, mais comme son objet. Les hommes qui s'autodétruisent utilisent leur femme pour libérer leurs propres tensions.

Et si l'homme refoulait tout simplement la part de féminin en lui qu'il n'a jamais perdue ?

Quant à la première femme, Ève, dont j'ai hérité le prénom, elle incarne le péché et la culpabilité. Pourtant, elle n'avait aucune intention de nuire.

À l'instar d'Ève du jardin d'Éden, toute ma vie je me suis sentie coupable d'être une femme. Déjà, enfant, je m'en voulais de ne pas être le fils attendu par mes parents, mais la fille qui l'avait remplacé. Puis, à dix-sept ans, lorsque j'ai franchi le pas, je n'avais qu'une envie : me cacher. Dans ma relation avec Thomas, j'ai refoulé la femme que j'étais, je me suis dépossédée de moi-même, devenant une partie de lui. C'est comme si j'avais vendu mon âme au diable, car malgré moi, j'ai rendu possible ce cycle de violence.

Je ne me suis pas aimée et je n'ai pas su aimer. Notre mariage était voué à l'échec depuis le départ car il manquait l'essentiel : l'amour de soi.

Il est difficile d'être une femme et certainement aussi difficile d'être un homme, pauvres pécheurs que nous sommes. Comment faire de l'autre un compagnon de route, sans le vampiriser ou se perdre soi-même ?

Chapitre 8 Les danseurs sous la pluie

Cela faisait un an que Thomas et moi n'avions plus du tout de contact. J'étais libre physiquement et j'avais retrouvé un peu le sourire, mais je n'étais pas libre mentalement.

Pour me libérer complètement, je devais d'abord me réconcilier avec la femme que j'étais.

J'avais le choix : me protéger en réprimant tout ce qu'il pouvait y avoir de féminin en moi, ou accepter de renouer avec cette féminité, au risque de me brûler les ailes. Oui, car accepter sa part de féminin, c'est savoir écouter son intuition et refuser de se mentir. Pendant des années, j'ai cru écouter mon cœur et cela n'a été que malheur. En réalité, les blessures de mon âme parlaient à la place de mon cœur. Si j'avais pris le temps d'écouter mon cœur, j'aurais entendu mon intuition.

Accepter sa part de féminin, c'est aussi assumer sa sensualité et son pouvoir enchanteur. Pour cela, il faut accepter de se connecter aux autres, et je n'étais pas prête.

Enfin, accepter sa part de féminin, c'est oser créer et moi j'avais peur d'entreprendre.

Encore une année qui se terminait, une autre qui allait lui succéder et je n'avais plus vingt ans. J'étais mitigée lorsqu'on me disait que je faisais plus jeune que mon âge. C'était flatteur mais à la fois cela me ramenait à une réalité qui m'était insupportable, si bien que j'étais en colère contre moi. J'avais donné mes plus belles années ! Le temps m'avait fait quelques faveurs mais il ne tarderait pas à me les réclamer.

Au milieu de ces réflexions, mon portable vibra. C'était Fanny.

—Coucou, ça va ?

—Oui et toi ?

—Julien et moi on fête le réveillon sur la plage. On va retrouver des amis. Et toi, tu as prévu quoi ce soir ?

—Moi j'avais prévu de regarder le réveillon à la télé.

—Non, t'es sérieuse là ? Tes enfants sont où ?

—Chez les parents de Thomas.

—OK, on passe te prendre à vingt heures !

Sacrée Fanny, sacré brin de folie !
Elle m'envoya un message pour m'exhorter à me mettre sur mon trente-et-un.

J'enfilai une robe dos nu fluide, de couleur bleue et des tropéziennes dorées. Je détachai mes cheveux et mis une paire de créoles à mes oreilles.

À Saint-Gilles, l'air était doux comme d'habitude. Il y avait énormément de monde sur la plage. Beaucoup étaient venus en famille. Nous devions retrouver la bande d'amis de Julien.
—C'est génial, lui dis-je, ces amitiés qui résistent au temps.
—La plupart d'entre nous, nous nous sommes perdus de vue après le lycée. On a tous fait des études dans des pays différents. Certains ne vivent pas ici. On a pensé que ce serait bien de se retrouver. L'occasion s'est présentée cette année.
Alors que nous marchions tous les trois sur le sable, je fis part à mes amis de mes inquiétudes.
—J'ai peur de ne plus rien ressentir, vous savez.
—Comment ça ? me questionna Fanny.
—J'apprécie le fait d'être libre, le fait d'être là avec vous, de fouler le sable de Saint-Gilles en humant l'air frais de la mer. Mais je ne peux pas me mentir, je ressens un vide. J'ai peur de ne pas savoir aimer comme une femme peut aimer. J'ai peur de ne plus éprouver de désir, de ne plus éprouver l'envie de séduire, ni d'être séduite. J'ai peur qu'il soit trop tard. J'ai peur de disparaître.
Julien ne dit rien même s'il semblait m'avoir écoutée attentivement. Fanny me sourit.
—Regarde la lune Ève et libère cette femme que tu as emprisonnée pendant toutes ces années ! Crois-moi, tu as encore tellement de choses à vivre !

Julien nous présenta rapidement ses amis. Mon regard s'arrêta sur l'un d'entre eux, mais lorsque mes yeux découvrirent les siens, qui étaient d'un gris si intense, je détournai la tête. Pendant la soirée, nos regards s'attiraient naturellement.

Il finit par m'inviter à danser. D'abord réticente, par timidité je crois, je me laissai entraîner sur un rythme antillais. Il me prit par la taille en laissant respectueusement quelques centimètres entre nous. Je me rapprochai de lui en faisant de légers mouvements. Puis j'entourai son cou de mes bras. Je me surpris à poser ma tête sur son épaule, en le laissant guider mes pas. Le contact de mon corps avec le sien éveilla quelque chose en moi, il était si doux. Nos corps ainsi rapprochés produisaient une source de chaleur, qui m'inonda.

Puis, je sentis des gouttes d'eau perler sur mon visage.

La pluie se mit à tomber lentement tandis que nous continuions notre danse. Je sentis le tissu de ma robe s'alourdir et me coller à la peau. Nos tissus respectifs se frottaient, laissant un infime espace entre nos corps qui finirent par s'abandonner l'un à l'autre au rythme de la musique.

Il me remercia pour la danse et nous nous séparâmes au moment où éclatèrent les feux d'artifice qui annonçaient le nouvel an. Avant mon départ, il chercha à me parler. Je prétextai chercher Fanny afin d'éviter la conversation.

    Le lendemain, je me réveillai, mitigée. Je n'étais pas morte, non, mon corps n'était pas anesthésié. J'avais éprouvé du désir pour quelqu'un. J'avais adoré danser avec lui. Pourtant, l'idée de lui parler, l'idée qu'il me perce à jour, m'effrayait. Il était plus facile pour moi de livrer mon corps que mon âme.

Chapitre 9 Cœur bonheur

—Non mais explique-moi là, je ne comprends pas pourquoi tu ne lui as pas parlé, me sermonna Fanny.
—C'est pas si simple tu sais, j'ai peur de ne pas être... comment dire... euh... suffisamment
« aimable ».
—À mon avis, tu as carrément peur d'être rejetée! C'est fou quand même !
—L'idée de laisser tomber mon masque m'effraie vraiment. Finalement, j'ai toujours joué des rôles pour me faire accepter. Je ne sais même pas qui est la vraie Ève et j'ai peur de décevoir. Tout ce que je sais, c'est que je suis cette femme fragile qui a accepté d'être soumise pendant des années, car elle ne s'est pas suffisamment aimée.
—Pour moi, la vraie Ève n'est pas cette femme fragile. Finie la victimisation Ève, tu n'as pas besoin d'être sans cesse une petite chose fragile pour obtenir l'attention des autres.
—Je sais, je sais, je ne suis pas une victime. Mais tu vois, j'ai vraiment peur de moi-même. J'ai peur

de mes réactions, de mes faiblesses. J'ai peur de me laisser submerger par mes émotions. J'ai peur de ne pas supporter la solitude. Et en même temps, j'ai peur de ne pas supporter la vie de couple. Je rêve de vivre une histoire intense et j'ai peur de ne pas supporter l'idée qu'elle puisse prendre fin.
—C'est parce que tu n'es pas en paix avec toi-même.
—Mais comment être en paix avec soi-même? Honnêtement, tu connais quelqu'un qui est en paix avec lui-même, toi ?
—Déjà, tu dois apprendre à t'aimer. Pour ça, détache-toi de ton égo qui cherche sans cesse l'approbation des autres. Libère-toi de ton mental pour écouter ton cœur. Car oui ma belle, le cœur c'est le foyer de l'Amour, il rime avec bonheur et non avec malheur, comme tu l'avais écrit dans un de tes poèmes. Eh oui, je ne fais pas semblant de lire ce que tu m'envoies ! Tu as longtemps cru que ton cœur t'avait poussée à faire de mauvais choix, tu as cru rester par amour dans une relation malsaine. Aujourd'hui, tu sais que c'est ton égo qui t'a dicté les mauvais choix pour t'empêcher d'affronter les blessures de ton âme. Maintenant que tu connais les blessures de ton âme, la peur d'être abandonnée et rejetée, fais-en des armes pour avancer. Tu ne guériras pas mais tu danseras sous la pluie. Tu dois vaincre le mal par le mal. Tu

as peur de la solitude ? Eh bien, sois seule ! Tu as peur de vivre intensément, alors vis intensément. Il n'y a pas de chute, juste un rebond à chaque fois pour avancer : c'est ça la résilience.

C'est maintenant que tout commence...

Remerciements:

Merci à Valérie Wetley, Nelsy Guérin et Marielle Levavasseur pour leur travail de relecture, leurs annotations et conseils.
Merci à Francheska Ramboatinarisoa pour ses remarques sur une partie du livre.
Merci à Émilie Maëva Fontaine pour avoir su cristalliser Ève.
Merci à Galika pour le coup de pouce.
Merci à toutes les personnes qui m'ont soutenue dans ce projet.
Merci à toi qui es près de moi.
Merci à Toi qui es tout en haut et qui es toujours là pour me guider!

De la même autrice:
Ni noir, ni blanc, une étincelle…, 2023